The strongest br
who craves for reven
extinguish w
the power of darkn

復讐を希う最強勇者は、闇の力で殲滅無双する4

斧名田マニマニ

Illustratio

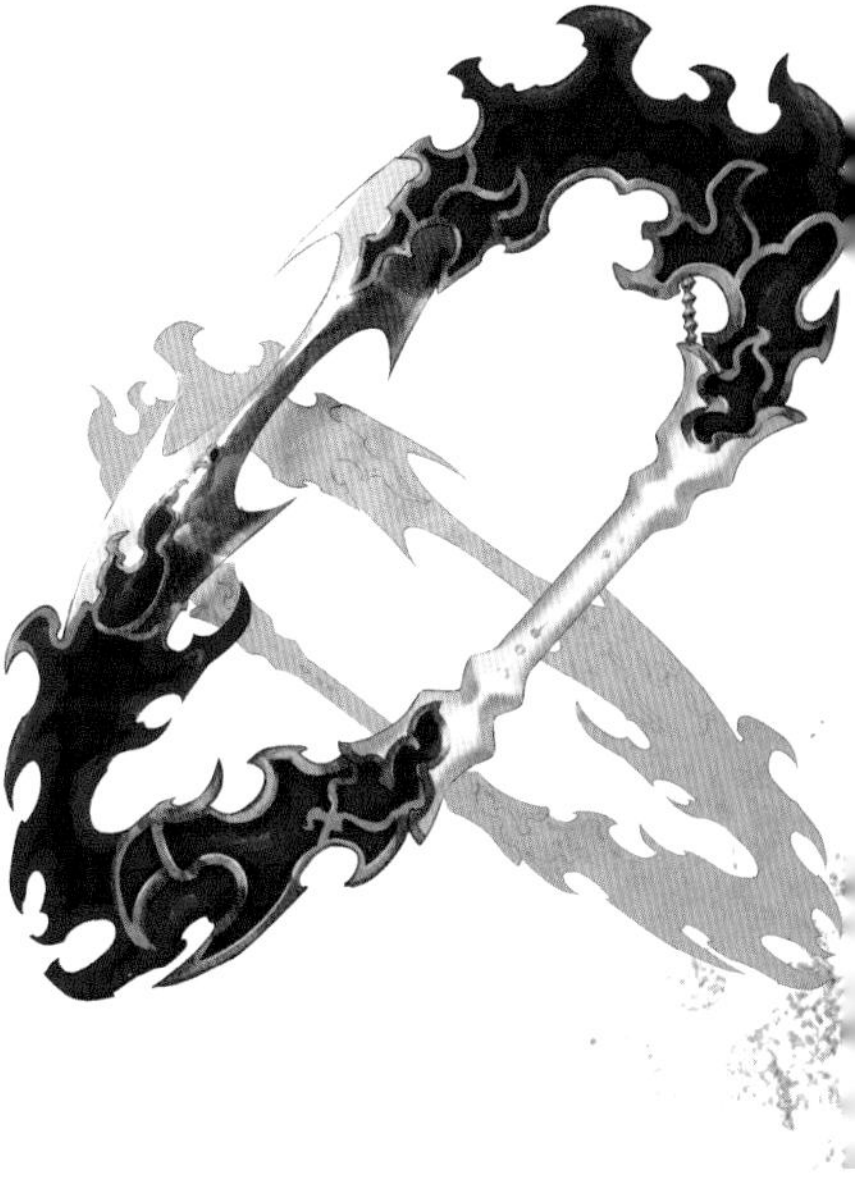

「はあああッッッ……!? なにしてくれちゃってんのぉおお!?」

そう叫ぶのが精一杯で、
止める間などない。
ラウルの触手は蛇のように
シュルシュルと音を立て、
火を司る神代理の魔法を
あっさりと覆い尽くした。
そして――。
「んじゃ消去っと」

contents

復讐を希《こいねが》う最強勇者は、
闇の力で殲滅無双する
The strongest brave
who craves for revenge,
extinguish with
the power of darkness
4
Author
斧名田マニマニ
Illustration
荒野

一章　魔王と勇者

――話はラウル処刑の数ヶ月前に遡《さかのぼ》る。

それは勇者一行による魔王討伐《とうばつ》当日のこと。

「やったぞ……！　魔王を倒した!!　これで世界は平和に……」

クルツ国王から授かった大剣を、魔王の体に突き刺したラウルは、晴れ晴れとした気持ちで顔を上げた。

これでクルツ国の人々が苦しみから解放される。

この戦いの中で命を失った仲間たちの魂も、きっと報われるはずだ。

ここまで辿《たど》り着く道中で、離れ離れになってしまったヴェンデルやクリスティアナとも早く合流したい。

「……あとは最後に残された嫌な仕事を、終わらせるだけだ」

魔王退治に向かう際、クルツ国王から命じられた言葉が脳裏《のうり》を過《よぎ》る。

『魔王を討伐した暁《あかつき》には、奴の首を勝利の証《あかし》として必ず持ち帰ってこい』

敵であれ、死んだ者の体を傷つける行為は、魂の尊厳を踏み躙《にじ》る行いのようで気が進まない。

しかし国王の命令は絶対だ。

「躊躇《ためら》っていても仕方ないよな……」

ラウルは魔王の背に刺さっている大剣を引き抜くと、うつ伏せに倒れている魔王の頭側に回り込んだ。

まずは呼吸を整える。

それから魔王の首を切り落とすため、大剣を振りかぶった。

ところがその直後――。

魔王の首が、くるりと一八〇度回転した。

「……‼」

驚きのあまり息を呑《の》んだラウルは、慌てて飛び退いた。

不自然な動きをした魔王の顔に目をやる。

異変にはすぐ気づいた。

魔王の瞳は貝ボタンに、口は刺繍糸《ししゅういと》で縫《ぬ》い付けたものに変わっているのだ。

「身代わり人形か！」

魔王を討伐できてなどいない。

魔王は魔法を用いて、身代わり人形とすり替わっていたのだ。

「くそっ……」

まんまと騙《だま》された自分の未熟さに憤《いきどお》りを覚えたところで、背後に巨大な魔力を感じた。

「……‼」

避ける暇などなかった。

ラウルは相手の放った魔法に絡め取られ、あっという間に四肢《しし》を拘束《こうそく》されてしまった。

「――これは呆気《あっけ》ない。もしや、わざと捕まったのか、勇者？」

そんな声が玉座の間に響く。

声の主は姿を見せていない。

おそらく魔法を使って姿を消しているのだろうが、並外れた魔力の気配だけは隠しきれていなかった。

「そうでなければ妙だ。そなたはクルツ国最強の勇者なのであろう？」

「……」

ラウルには返す言葉もなかった。

からかうような言い方ではなく、率直《そっちょく》な疑問として投げかけられた言葉だ。

だからこそ余計に情けなさが募《つの》る。

敵の術を見抜けなかったうえ、油断してあっさり拘束されるなど、何を考えていたのか。

一度深く息を吐いて、気持ちを切り替える。

ラウルは拘束されている自分の両手足に、さっと視線を走らせた。

蔦《つた》のように絡みつき、動きを封じているのは闇魔法だ。

口内だけで呪文を唱え、光魔法を発動させる。

ラウルの全身から放たれた光は、魔王の闇魔法をあっさりと呑《の》み込んで、消滅させた。

「ほう。それが本来の実力か」

満足そうな声が聞こえる。

先ほどまでは気づかなかったが、不遜《ふそん》な口調に反して、声は意外なほど若々しい。

(しかもこの声の感じだと……)

魔王の情報は、人間側にはまったく伝わっていない。

だからラウルは魔王のイメージを、勝手に残忍な見た目をした老齢の男だと想像してきた。

自分が討伐する相手だから、そのほうが都合が良かったのだ。

でもどうやら見当違いだったらしい。

真実を確かめるため、大広間の暗がり、強大な魔力の波動を感じる場所に向かって、魔法を放つ。

魔王を包み隠していた幻惑魔法は、ラウルの解除魔法によって、強引に剝《は》ぎ取られた。

「やるではないか、勇者。我の幻惑魔法を解除できた者は、そなたが初めてだ」

「……あんたが本物の魔王か」

魔王が用意した身代わり人形は、黒ずくめの大男だったが、その姿とは似ても似つかない。

薄桃色の前髪に隠れた左目と、紫色に輝く右目。

年齢はラウルとほとんど変わらない。

短めの髪をふわふわと揺らしながら、魔王がゆっくりと近づいてくる。

魔王はそのままラウルの目の前に立った。

背が低くて、とても華奢《きゃしゃ》な体型をしている。

どことなくぼんやりとした表情をしている少女だ。

威厳や威圧感で人を服従させるタイプには到底見えなかった。

「そなたが期待はずれな存在だったら、どうしようかと焦ったぞ」

魔王が言う。

ラウルはいつでも迎撃できるよう身構えたまま、魔王の行動を観察した。

「警戒せずとも、攻撃するつもりはない。先ほどそなたを拘束したのも、単なる力試しに過ぎぬ」

「それを信じろと？」

「魔族は誇り高き種族。くだらん騙し討《う》ちなどせん。それに策など弄《ろう》せずとも、我はそなたを倒すことができる」

「だったら今すぐ試してみるか？」

ラウルは敵意のこもった瞳で魔王を睨《にら》みつけながら、掲《かか》げた右手に魔法陣を浮かび上がらせた。

「随分《ずいぶん》と血気盛んだな、勇者よ」

魔王が余裕のある態度で笑みを見せる。

それがまた癪《しゃく》に障《さわ》った。

「当然だ。俺は今すぐにでも、あんたを倒したい。あんたの命令で、罪なき人々の命が、数え切れないほど奪われたんだ」

「まるで見てきたように言うではないか。だが、そなたの信じているその話が、真実であるとなぜ断言できる？」

「この期に及んで、責任逃れでもするつもりか？」

魔王は、可哀想《かわいそう》なものを見るような目つきでラウルを眺めると、首を横に振った。

「物事には必ず裏と表がある。しかし、どうやらそなたは表ばかりを純粋に信じ込むよう、育成されてしまったようだな。悪《あ》しき為政者《いせいしゃ》は、力を持つ者に知恵を与えない」

「あんたの言ってることは意味不明だけど、馬鹿にされたことだけはわかったぞ」

「馬鹿にしたのではない。哀れんだのだ」

魔王がどうしてこんな問答を仕向けてくるのかは謎だが、こちらを怒らせたくて挑発しているのなら、乗せられるわけにはいかない。

「クルツ国内で最強の力を誇るのであれば、そなたはもっと利口でなければならない。さあ、勇者。先ほどの問いについて考えてみろ。魔族が悪で、クルツ国側が善だと言い張れるのは何故だ？」

魔王がまっすぐな瞳で見つめながら問いかけてくる。

大量殺戮《さつりく》を命じたものが、こんなにも澄んだ瞳をしているものだろうか。

そんな疑問が脳裏を過る。

そのせいか、なぜか一瞬わけもなく不安になった。

ラウルは心の迷いを振り払うように、拳を握り締めた。

「魔族がしたことは、クルツ国王やブラウン将軍が教えてくださった。例えばヒルシュベルガーという街で魔族がしたことを、あんただって知ってるはずだ……!」

金鉱で栄えていたヒルシュベルガーという街は、十年前に魔族軍からの襲撃を受けた。

魔族軍は街を制圧すると、すべての住人を奴隷《どれい》にし、利権を乗っ取った金鉱で強制労働に当たらせたのだ。

聞いた話によると、非力な女性は魔族たちの慰み物に、労働に耐えられない老人や幼児は皆殺しにされてしまったらしい。

襲撃から十年。

人間側は今でも、人々を取り戻すために使者を送り続けているが、返事の代わりに戻ってくるのは使者の遺体だ。

魔族たちの残忍な振る舞いを思うだけで、はらわたが煮えくり返る。

ラウルは怒りを孕《はら》んだ瞳で、魔王を睨みつけた。

それに対して、魔王から返ってきたのは、冷ややかな一瞥《いちべつ》だった。

「勇者、貴様は他人から聞いた話を鵜呑《うの》みにするのか？」

「他人ではない。我がクルツの国王陛下と将軍だ！　陛下はもちろんのこと、実際に前線で何度も魔族の暴挙を目にしてきたブラウン将軍の言葉を、疑う理由などない」

「であれば、その目や耳はなんのためについている？　自ら真実を見極め、考えることを放棄したその頭は、単なる飾りか？」

「……」

答えに詰まる。

痛いところを衝《つ》かれた気がした。

たしかにラウルは、魔族がクルツの民を虐《しいた》げている現地に、足を運んだことがない。

魔王との戦いに専念するよう、クルツ国王から命じられているからだ。

(たしかに俺の知識はすべて受け売りだ……。……それでも、魔王の話に揺らいでいる場合じゃない)

そう言い聞かせながら、顔を上げる。

「……くだらない戯言《ざれごと》にこれ以上付き合うつもりはない」

クルツ国王から授けられた大剣を構え、攻撃力を増幅させるための魔法を発動させる。

しかし魔王は無防備に立ち尽くしたまま、なんの動きも見せない。

「……なんのつもりだ、魔王?」

「我に戦う意志はない。この首が欲しいと言うのならくれてやる」

予想外の申し出を聞き、ラウルは驚いた。

「しかしひとつだけ条件がある。そなたの目で戦場を見てほしいのだ」

「……」

魔王の思惑がどこにあるかわからず、ラウルは黙り込んだ。

「勇者よ、そなたは先ほどヒルシュベルガーという街の名を出したな。これから彼《か》の地を共に見に行くということでどうだ?」

「……本気で言ってるのか?」

魔王は頷《うなず》く代わりに、微笑を浮かべてみせた。

魔王の提案に付き合う義理などない。

今この場で勝負を仕掛ければ、それで済むのだ。

魔王討伐《とうばつ》へ向かう道中で、多くの同志が犠牲《ぎせい》になった。

だから魔王が憎い。

とはいえ降伏する意志を見せた丸腰の相手を討つことなど、勇者としての矜持《きょうじ》が許さなかった。

「……もし妙な動きを見せたら、その時は躊躇《ちゅうちょ》なく殺すからな」

「できるものなら、好きにするがいい」

こうしてラウルと魔王は、共にヒルシュベルガーへ向かうことになった。

◇◇◇

ヒルシュベルガーは魔族領の東に位置していて、今、二人がいる魔王城からは遠く離れている。

二人は、魔王が領地のあちこちに張り巡らせてあった魔法陣を使い、いくつかの中継地点を経て、ヒルシュベルガーへと辿《たど》り着いた。

遠目にその街が見えた時、最初にラウルを襲ったのは、耐え難いほどの異臭だった。

思わず吐き気を催《もよお》し、慌てて口を手で覆《おお》う。

まともに息ができない。

一体臭《にお》いの出所はなんなのか。

やがて街の入り口に到達した。

開かれたままの門から中の様子を覗《のぞ》いた瞬間、ラウルは絶句した。

「なんだ、あれは……」

二章　神格化

一話

The brave wish revenging, The power of darkness

「いっそ……いっそ殺して……くれ……ぇ……」

梁《はり》から逆さ吊りにされた男は、すすり泣きながら何度も同じ言葉を繰り返している。

彼の左隣に吊るされた男のほうはもう、呻《うめ》き声以外、口にしなくなった。

二人とも時間の問題で言葉を発する体力を奪われるのを、見張り役の兵士たちは知っていた。

呻くことしかできない男の左隣の男も、そのまた左隣の男も、その隣も、隣も、隣も――。

梁の下にずらっと並んだ逆さ吊りの男たちは、皆同じ目に遭《あ》ってきたからだ。

逆さ吊りの男たちの下には、赤黒い水溜まりができている。

男たちは散々鞭《むち》で打たれ、皮をすべて剝《は》がされた挙句《あげく》、臓器を引きずり出された。

それでも男たちは生きている。

男たちに『死ぬことができない』という呪いをかけたのは復讐者ラウルだったが、男たちを逆さ吊りにしたのは別の人間の仕業《しわざ》だ。

「――廊下《ろうか》がやけに静かではないか」

見張り役の兵士たちは、声とともに現れた屈強な男に向かい、一斉に敬礼をした。

現れたのはクルツ国の軍事司令官であるブラッカム将軍だ。

ブラッカム将軍はこの『吊るし部屋』の責任者であり、今行われている拷問《ごうもん》を命じたのも彼だった。

クルツ国王の側近である貴族たちからは、『全身に鎧《よろい》をまとった筋肉馬鹿』と陰で揶揄《やゆ》されているが、もちろん当人はそんなことなど知らない。

ラウルによって壮絶《そうぜつ》な最期を遂《と》げたエルンスト・ブラウン亡き後、後釜《あとがま》に収まったブラッカム将軍は、残忍さでエルンストを上回ろうと必死だった。

そのためブラッカム将軍は、暇さえあればこの部屋に顔を出し、吊るされた男たちに自ら拷問を与えるのだ。

「残念な話だ。ギルドア・ハーディング殿だけでなく、ケアル・リドル殿も悲鳴を上げる元気がなくなってしまったか」

そう言いながら、ブラッカム将軍がギルドア・ハーディングとケアル・リドルの前にゆっくりと向かう。

クルツ国王の側近の一人だったギルドア・ハーディングとケアル・リドルは、国家魔導士によるラウル討伐の発案者だったため、計画失敗の責任を取らされ吊るされたのだった。

「泣き叫ぶことで陛下を楽しませられぬのなら、貴公らの口は用なしだ」

ブラッカム将軍は、男の傷口から溢《あふ》れ出していた腸《はらわた》に手をかけると、そのまま勢いよく引きちぎった。

「ヒギィイイイイッッ……‼」

「ふはは。それほど元気が残っているのなら、こうなる前にもっとアピールしておけばよかったものを。しかし、もう手遅れだ」

男の声を奪うため、引きちぎった腸を男の口の中に詰め込む。

それだけでは飽き足らず、腸を吐き出すことができぬよう、魔法を用いて男の唇を縫《ぬ》い合わせることまでした。

ブラッカム将軍は、エルンスト・ブラウン将軍が存命中から、彼のことをライバル視していた。

だから、なんとかしてエルンストより残酷《ざんこく》な振る舞いをしようと、内心必死なのだ。

エルンストのように他人の肉を食らう趣味はないが、その上をいく残酷な罰など、そう簡単には浮かばなかった。

内臓を本人の口に突っ込むというのも、どうも猿真似《さるまね》の域を出ないようで、納得はいっていない。

（しかし陛下は数日に一度、この場に足を運んでくださる。及第点をいただいていると思っても問

題ないだろう）

よく見たら、ケアル・リドルの唇の間から、口内に入りきらなかった腸の一部がはみ出てしまっている。

しかし敢《あ》えてそのままにしておいた。

男たちの口に何が詰め込まれているのか。

一目でわかったほうが、クルツ国王は喜んでくれるはずだ。

（他の男たちの口からも、腸を溢れさせておいたほうがいいかもしれんな）

腕を組んで悩んでいると、部屋の外から騒がしい足音が聞こえてきた。

「失礼致します！　ブラッカム将軍！　緊急の作戦会議が開かれることになったであります。中央会議室へご移動を！」

「……会議の前に陛下はこちらへいらっしゃらないのか？」

「はっ！　陛下はすでに中央会議室でお待ちになられていらっしゃいます！」

ブラッカム将軍はがっかりしながら部屋を出た。

前回陛下が吊るし部屋に足を運ばれたのは、何日前だったか。

少し日が空《あ》きすぎている。

ケアル・リドルに関しては、まだ一度も吊るされた姿を見てもらっていない。

(罰を与えられる者たちを眺めることは、陛下にとって束の間の癒《いや》しであったはずなのに……。まさか飽きられてしまったのか……?)

不安を抱きながら中央会議室へ向かったブラッカム将軍を待っていたのは、とんでもない報告だった。

「ご報告いたします。此度《こたび》の魔族の攻撃により、グラッドストン、ガスコイン、ダヴェンポート、リッジウェイが奴らの手に落ちました……」

伝令の兵士が、青ざめた顔で伝える。

ブラッカム将軍はあんぐりと口を開けて立ち尽くした。

陛下の姿がなければ、衝撃のあまり叫んでいたところだ。

ブラッカム将軍だけでなく、中央会議室に集まった重臣たち全員が、動揺《どうよう》しすぎて言葉を失っている。

魔王軍がクルツ領土の街を次々制圧していっていることは、もちろん知っていた。

しかし侵攻が早すぎる。

そのうえ今回陥落した街は、国境沿いの辺鄙《へんぴ》な村とはわけが違った。

クルツ国を経済的に支える主要都市は、王都以外に六つある。

陥落された街の名は、その六の都のうちに含まれている。

つまり魔族とラウルによって、半数以上の主要都市が失われてしまったということだ。

王都は崩壊し、主要都市のほとんどが奪われた。

国王は城を放棄し、こんな地下壕《ちかごう》へ逃げ込んでいる。

（……これはもしや……我が国の命運……尽きかけているのでは……）

ブラッカム将軍は不安に苛《さいな》まれながら、クルツ国王の様子を盗み見た。

クルツ国王は延命用の魔道具に複数の管で繋《つな》がれたまま、ぼんやりと虚空を見つめている。

無造作《むぞうさ》に伸ばされた艶《つや》のない白髪のせいか、石膏《せっこう》のような青ざめた顔色のせいか、相変わらずクルツ国王からは生気が一切感じられない。

そのためか、クルツ国王の感情をブラッカム将軍はまったく読めなかった。

ブラッカム将軍が不安を抱きながら生唾《なまつば》を飲み込んだ時、クルツ国王がゆっくりとこちらを振り返った。

「――ブラッカム将軍。この事態、どう考える？」

最悪な状況で名指しされてしまった。

新たな右腕として信頼されている、などと舞い上がっていられるような状況ではない。

些細《ささい》な一言が国王の不興を買い、首を飛ばされた人間を腐るほど見てきた。

もしまだエルンスト・ブラウンが生きていて、引きずり下ろさなければならない位置にいたのなら、この機会を逃すまいとして、突飛《とっぴ》な意見を口にしていただろう。

だがあの男はもういない。

無茶をする理由はまったくないわけだ。

ブラッカム将軍は慎重に口を開いた。

「我がクルツ国の主要都市のうち、敵の手中に落ちていない都市はトルートとバールであります。中でもトルートは、港湾都市として交易の要《かなめ》となってきました。トルートが復興への足掛かりになることは間違いありません。なんとしてもトルートを死守するため――」

王都近郊の森で待機を続けている国王軍をトルートに送るべきではと言いかけ、ブラッカム将軍は慌てて言葉を切った。

具体的な案を出すと、それが失敗した時、責任を取らされ『吊るし部屋』行きとなる。

ブラッカム将軍は邪悪な顔つきになると、会議室に集まった重臣たちをねっとりとした眼差《まなざ》しで眺め回した。

「そう、トルートはなんとしても死守しなくてはならない。ですから皆々様、是非《ぜひ》ともお知恵をお貸しいただきたい」

クルツ国王から意見を求められ、窮地《きゅうち》に晒《さら》されているのはブラッカム将軍だと思っていた重臣たちは、途端に顔色を変えた。

(ふん、いい気味だ)

なんとか生きながらえたブラッカム将軍は、クルツ国王の背後で微《かす》かな笑みを零《こぼ》した。

クルツ国王はゆっくりと視線を移し、重臣たちが案を出すのを恐ろしいほどの静けさで待っている。

ここでさらに順番を譲《ゆず》り合ったりすれば、誰か一人が見せしめに殺されることになっていただろう。

重臣たちもさすがにそのぐらい理解していた。

結局、右端にいたドーグ侯爵が、血の気の失せた顔で口を開いた。

「魔族軍とラウル、どちらをも相手にするのは、今の我が国の戦力ではなかなか厳しいかと……。ここは再びラウルを懐柔《かいじゆう》し、内に取り込むのはいかがでしょう？　ラウルをぶつければ、魔族軍などひとたまりもないでしょう。我が国の危機に乗じて勢いを盛り返してきたとはいえ、一度は我がクルツに滅ぼされた国です。今回湧いて出てきた残党どもを一掃《いっそう》すれば、二度と息を吹き返すこともないはずです」

ブラッカム将軍は、ドーグ侯爵の意見を妥当《だとう》だと思った。

恐らくここにいる誰もが同じだろう。

ただ今まで誰も、クルツ国王に面と向かって伝える勇気がなかったのだ。

クルツ国王とラウルは、ラウルが行方《ゆくえ》不明になって死亡説が流れるまでの間、ある種、蜜月のような時を過ごしていた。

その関係を壊したのは、クルツ国王のほうだ。

地下に逃げ込んだクルツ国王は、ラウルの大切にしていた者たちの亡骸《なきがら》を冒瀆《ぼうとく》するような方法で、ラウルに奇襲をしかけた。

ラウルとの関係を修復するのなら、あの一件についてクルツ国王がラウルに謝罪するしかない。

国王自ら一度は切り捨てた相手に首《こうべ》を垂れる。

それは全面降伏以上にクルツ国王のプライドをずたずたにする行為だろうし、クルツ国王の権威は間違いなく失墜《しっつい》する。

クルツ国王にとって、ラウルに許しを請うことは最終手段のはずだ。

そうわかっていたからこそ、今まで誰もこの案を口にはしなかった。

しかしクルツ国は、もはや崖《がけ》っぷちまで追い詰められている。

ところがクルツ国王はくぐもった唸《うな》り声を漏《も》らした後、ドーグ侯爵の頭部を魔法で弾き飛ばした。

◇◇◇

会議室の天井まで飛び散った血や脳髄《のうずい》やわけのわからない液体が、ぽたりぽたりと音を立てて床に落ちる。

「――さあ、他の意見を聞かせてくれ」

ブラッカム将軍をはじめ黙り込んだ重臣たちは、変わらず無表情でいるクルツ国王に対して強烈な恐怖を覚えた。

しかしクルツ国王とて、なんの感情も抱いていないわけではなかった。

クルツ国王は今、とんでもなく苛立《いらだ》っていた。

（……あの悪魔を頼り、再び傍に引き寄せるだと？　想像しただけでも身の毛がよだつ）

ガウンの下に隠れたガリガリの掌《てのひら》を、怒りに任せて握りしめる。

（この馬鹿共は当時のことを蜜月などと言っているが、何が蜜月か）

思い出しただけで呼吸が乱れそうになる。

当たり前にラウルが王城内を出入りするようになった頃。

王の寝室の中で夜な夜な行われていたおぞましい出来事。

重臣たちは誰も知らない、それはラウルとクルツ国王だけの密事だった――。

◇◇◇

毎夜、クルツ国王の体を寝台に移す作業は、十数人がかりで行われる。

痩《や》せ細り、骨と皮だけのクルツ国王自体は、女子供のように軽い。

だがクルツ国王に取り付けられている延命用魔道具の管はかなりの重量なうえ、そのどれかひとつが外れても命に差し障《さわ》る。

だから管一本につき、一人の小間使いが必要なのだった。

移動作業が終わり、小間使いたちが立ち去ると、室内はクルツ国王一人になる。

もちろん見張りの兵士は扉の外に立っているが、あれはいていないようなものだ。

彼らがなんの役にも立たないことはわかっている。

クルツ国王は普段のように堅く目を閉じて、時が来るのを待った。

秒針の音が規則正しく響いている。

しばらくすると柱時計が深夜零時《れいじ》を告げた。

その途端、周囲の空気がずうんと重く沈んだ。

禍々《まがまが》しい闇の気配が、寝室の中央に燻《くすぶ》っている。

あの男――復讐者ラウルが現れたのだ。

ラウルは衣擦《きぬず》れの音をさせながら、ゆっくりと寝台の脇まで近づいてきた。

「……」

目を瞑《つむ》っていてもわかる。

ラウルが身を乗り出し、吐息がかかるほど間近からこちらの顔を覗《のぞ》き込んでいるのが。

ふっと笑う気配がした。

これもいつも通りのこと。

ラウルは毎晩毎晩この遊戯《ゆうぎ》を続けているというのに、まったく飽きる様子を見せない。

最初に右手の機能と繋《つな》がっている魔道具の管が外された。

それから左手。右足。左足、胴体、頭部へと続く。

それらの管を外されてしまうと、体は完全に動かくなる。

たとえ管がついていようが歩くことはできないし、両手を上げ下げすることもままならないが、
指先ひとつ動かせないのとはわけが違う。

体の自由がまったく利《き》かなくなると、その途端、叫び声をあげたくなるほどの恐怖が襲い掛かってくるのだ。

目を閉じたまま、ひたすら恐怖心と戦っている自分のことを、ラウルがじっと見つめている。

気配でわかるのだ。

このまま一時間観察されることもある。

今回は次の行動に移るのが早いほうだった。

ラウルの右手が鼻をつまんでくる。

ラウルの左手が口を覆《おお》いつくす。

息を吐くことも吸うこともできなくなる。

しかし動かない体の中に閉じ込められているクルツ国王には為《な》す術《すべ》がなかった。

ひたすら与えられる苦しみを受け入れることしか許されてはいない。

酸素が入ってこず、脳内が破裂しそうになる。

苦しみと痛みが限界に達し、意識が遠のきかけた時——。

ふっとラウルの両手が外され、空気が猛烈な勢いで押し寄せてきた。

咽《む》せながら息を吸う。

涎《よだれ》と涙が勝手に流れ落ちる。

まだ体の管は外されたままなので、それらを拭《ぬぐ》うことすらできず、赤子のように垂れ流し続けるしかない。

ラウルがその涎をシーツの端でごしごしと拭ってくれる。

なんのためか。もちろん再び口を塞《ふさ》ぐためだ。

すぐにまた呼吸の手立てを奪われ、空気を取り上げられる。

ラウルはクルツ国王の惨《みじ》めな姿を見下ろし、愉快そうな笑い声を立てている。

死の瀬戸際《せとぎわ》まで追い詰められ、弄《もてあそ》ばれる。

この遊戯を仕掛けるため、ラウルは毎晩必ず現れる。

毎晩、何十回も、朝まで遊戯は繰り返されるのだ。

そのたびに嫌というほど思い知らされた。

この命はラウルの手中に握られている。

ラウルの気まぐれ次第で、あっけなく奪われてしまうのだという事実を。

(クルツ国を統《す》べる唯一無二の存在、国王である我の命が……)

息ができない苦しさの中に絶望的な悔《くや》しさが混ざって、涙がドバドバと溢《あふ》れ出る。

(悔しい、悔しい、悔しい……ッッッ)

王族の誇りを、ラウルは木《こ》っ端微塵《ぱみじん》に吹き飛ばしてしまった。

管を抜かれる前に手を打とうという気すら起こらない。

そんなことをしたってなんの意味もないからだ。

最盛期の自分ならまだしも、病によって干《ひ》からびたこの体ではラウルに敵《かな》うわけがなかった。

だったら無抵抗で、目を閉じたまま、耐えるしかない。

耐えていれば、やがて朝が訪れる。

目を瞑っていれば、思い込むことができるのだ。

夜に起きたことはすべて夢であったと。

（こんなことを臣下や国民たちに知られるわけにはいかぬ。王の権威を疑わせるわけにはいかぬ……！）

◇◇◇

「――陛下、大変です……!!　ただいま伝令が到着し、ラウルが今度はバールに現れたと……!!」

そう叫びながら、兵士が中央会議室に飛び込んできた。

夜に起こったことの記憶に引きずり込まれていたクルツ国王は、ハッと息を呑《の》み、我に返った。

「奴がバールに……」

トルートともに陥落を免れていた主要都市、それがバールだ。

ラウルはクルツ国王から、根こそぎ奪うつもりなのだ。

今やなんの力を持たないクルツ国王は、ラウルの蛮行《ばんこう》を眺めていることしかできない。

夜も今も、ラウルによって与えられる屈辱《くつじょく》は変わらない。

「くそ……」

もうずっとラウルの影が、自分の上に覆い被《かぶ》さり続けている気がした。

クルツ国王は、暗い気持ちで瞼《まぶた》を伏せた。

「……また我の国民が奴の手に落ちるのか……」

そう呟《つぶや》いたクルツ国王は、怒りのあまり目を爛々《らんらん》と輝かせながら、ブラッカム将軍を振り返った。

「ブラッカムよ！　そなたの責任のもと、ラウル討伐《とうばつ》作戦を練《ね》り直せッ!!」

クルツ国王が少しずつ迫ってきた死の気配に怯《おび》えて、ブラッカム将軍に白羽《しらは》の矢を立てたのと同じ頃——。

クルツ国王を襲う恐怖の産みの親である俺は、達成感に包まれながらバールの人々を眺めていた。

ちょうどバールの市民たちに対する審判を、終えたところなのだ。

数日間、俺はこうやって街から街へと足を運び、クルツ国民の魂を裁定している。

審判の方法は、以前に王都で行ったやり方と変わらない。

地獄を司《つかさど》る神になった際に手に入れた魔法の水晶玉を用いて、人々の魂を覗《のぞ》き、その色を眺めるだけでよかった。

それで簡単に、穢《けが》れた魂を持つ悪人と、清い魂を持つ善人が見分けられるからだ。

残念ながら王都と変わらず、どの街も悪人がほとんどで、清らかな心を持つ者などひと握りしか確認できなかった。

まあでも処刑を煽《あお》った王都の民以外は俺の復讐対象ではない。

だから魂が穢れていようが、俺が彼らを罰することはなかった。

そもそもこの工程で俺が見つけ出したいのは、選別を見事にパスした穢れなき魂を持つ者たちのほうなのだ。

審判の果てに選ばれた者たちは、俺の復讐を完遂《かんすい》するための希望を担《にな》う存在だ。

だから大事に大事に、守ってやらなければならない。

ちなみにバールは今、街の周囲を魔族軍に取り囲まれていて、絶体絶命の危機に見舞われている。

俺が審判を行っている間も、魔族軍はひっきりなしに遠隔魔法による攻撃を打ち続けてきた。

魔族軍の邪魔をするつもりはないけれど、審判が終わるまでは誰一人殺させたくない。

というわけで俺は魔族軍に気づかれないよう、バールの人々を守ってやっていた。

でも、もうその必要もない。

「んじゃ魂が穢れてる皆さん、バイバイ」

ひらひらと手を振ってから、バールの上空に設置していた防御魔法を解除する。

その代わりに、審判の結果、善人だと裁定された選ばれし者たちには、強力な保護魔法をかけ直してやる。

選ばれし者たちに降り注ぐ攻撃魔法は、彼らの体に触れることなく、透明な壁に弾かれて消滅していく。

しかし選ばれなかった落第者たちを守る防御壁は存在しない。

そのため魔族軍の放った攻撃魔法は、落第者たちの体を一瞬で覆い尽くし、落第者たちの骨が炭に変わるまで容赦《ようしゃ》なく燃やし続けた。

そこかしこで人が燃え、火柱が立つ。

火柱になった落第者が悲鳴を上げられるのは最初のうちだけだ。

火が全身に燃え移ってしばらくすると、彼らは声を発する力も失い、苦しみの中でひたすらダンスを踊った。

そうしてほとんどの者が立ったまま絶命した。

選ばれし者たちは泣き叫びながら、落第者たちを助けてくれるよう俺に訴えかけてきた。

選ばれし者たちの慈悲《じひ》深さを否定するつもりはない。

汚れきった魂を持つ悪人すらも助けてやりたがる。

そんな底なしの善意こそが選ばれし者たちの美徳であり、彼らが選ばれた側になれた理由なのだから。

とはいっても選ばれし者たちが望むとおり、悪人を助けることはできない。

どれだけ頼まれようが、俺が落第者たちを救うことはない。

その事実に気づくと、選ばれし者たちは自分たちだけが生き残ってしまった現実を責めはじめた。

選ばれし者たちは、他人を蹴落《けお》とし、自分だけが助かりたいなどとは決して望まない。

そんな卑《いや》しい考えは、選ばれし者たちの中には存在しないのだ。

選ばれし者たちは他者の不幸に心を痛め、悲しみ、救ってやりたいと望み、それができない自分の無力さを嘆《なげ》く。

俺は選ばれし者たちが悲しむ様子を眺めながら、うっとりとした気持ちになっていた。

希望はまだ潰《つい》えていない。

この事実は、俺の復讐に最高の彩りを添えてくれるだろう。

「――さて。そろそろ撤収《てっしゅう》しようか。いつまでもグズグズしていると、魔族軍の奴らが乗り込んできちゃうからな」

そう声をかけてみるが、選ばれし者たちが自ら動いてくれそうな気配は見られない。

「魔法で強制移動させられるほうをお望みなの？　俺はどっちでもいいけど、そういうことするとあんたたちますます俺を嫌いになるじゃん。悲しいなあ。俺ってばどこへいっても嫌われ者なんだもん。くすん」

クルツ国が弱体化していく中、一度滅亡した魔族たちの領土ホラーバッハ国は、残党たちの働きによってどんどん勢いを盛り返していた。

魔族たちはこの好機を逃すまいと考えているのだろう。

魔族軍によるクルツ国への襲撃は連日にわたる。

『選ばれし者たち探し』をするため、国内の都市や街を巡って歩いている俺も、今回のように何度となく魔族軍と遭遇《そうぐう》しかけてきた。

俺が行いたいのは国盗《くにと》り合戦ではないので、クルツ国王に対する大がかりな復讐計画の妨げにならない限り、魔族軍の行動に口出しをするつもりはなかった。

「魔族軍を率《ひき》いているのがテオドールなら、喜んで顔を見に行ったのになあ」

現世に戻ってきたと手紙で知らせたというのに、薄情な元相棒は返事のひとつもくれないでいる。

テオドールが指揮官として表舞台に姿を現したことは一度もないようだ。

いったいテオドールは今、何をしているのか。

「テオドールの性格なら、俺が生き返ったって知った途端、じっとしていられないと思ったんだけど」

あれほどわかりやすい娘の行動を読み損《そこ》なうとは、俺もまだまだだ。

――なんてことを考えていると、遠くのほうから魔族軍の兵士たちがあげる鬨《とき》の声《こえ》が聞こえてきた。

「あちゃー。ほらほら皆が動いてくれないから、魔族軍が街に向かって進軍をはじめちゃったよ

――」

人間と魔族軍の争いに介入《かいにゅう》するつもりがないのなら、のんびりしてはいられない。

魔法を発動させ、選ばれし者たちをまとめて宙に浮かせる。

「きゃっ……!?」

「なっ何……!?　今度は何が起きてるの……!?」

「もういやぁ……ほうっておいて……」

恐怖のために悲鳴を上げている選ばれし者たちを魔法で包み込み、目的の場所まで瞬間移動させる。

雲の中、空に浮かんだその乗り物まで――。

「え……嘘……」

「……なんなんだこれは……!」

「この船……宙に浮いてるのか……!?」

魔法をかけられた時より一層取り乱して、選ばれし者たちがきょろきょろと視線を動かす。

彼らが乗せられたのは空に浮かぶ船。

雲海《うんかい》に漂うその船は、善の心を持つ者だけを真の楽園に運ぶため俺が用意した。

名を〈方舟《はこぶね》〉という。

◇◇◇

選ばれし者たちを乗せた方舟が、雲海の中をぐんぐん進んでいく。

選ばれし者たちはこの素晴らしい眺めや快適な空の旅を、手放しで喜ぶ気にはなれないらしいが、それでも今は恐怖より驚きのほうが勝っているようだ。

方舟の縁に両手で摑《つか》まった彼らは、目を見開いて、流れ去っていく雲を呆然《ぼうぜん》と見送っている。

およそ一時間の空の旅。

やがて方舟は雲の狭間《はざま》に浮かぶ【楽園】へと辿《たど》り着いた。

「……あれは……なんなの……」

「信じられない……。幻を見ているのか……」

「いや……俺にも見えるよ」

「私にも……」

「でもあんなものが存在するの……？　だって……雲の中に大きな島が浮かんでいるのよ……!?」

俺はにっこりと微笑《ほほえ》みながら、混乱の声を上げる選ばれし者たちの前へと進み出た。

「どう？　あんたたちのために用意した楽園だよ。不自由のないようかなり大きな島にしたんだ。

新天地としては、そんなに悪くないだろう？」

　この方舟から見えているのは、島の東側。

　豊かな緑が生い茂り、水の綺麗《きれい》な小川が流れている。

「北には魚の捕れる入り江、南には広大な畑がある。まあ、おいおいゆっくり案内させるよ」

　選ばれし者たちは俺が声を発するだけで、怯《おび》えてひとところに固まってしまう。

　それは正常な反応なので、気にすることはない。

　俺は鼻歌を歌いながら、方舟を島に寄せていき、錨《いかり》と縄梯子《なわばしご》を下ろした。

　方舟用の船着き場には、到着を待つ人々の姿があった。

　現場の指揮をとっている彼女が、方舟に乗っている新参者たちに向かい大きく手を振る。

　彼女は俺が求めているとおり、しっかり行動してくれるので助かる。

　自分の役割をよーく理解しているのだ。

　怯えさせる者と、その恐怖から救ってくれる者。

　このバランスはとても重要だ。

「ラウル様、お帰りなさいませ！　それに皆さん、楽園へようこそ！　歓迎いたしますわ！　さあ、降りていらして！」

　彼女が縄梯子のもとまで駆け寄ってくる。

ふくよかな彼女は、少し走るだけで体の肉がたぷたぷ揺れる。

本人はそんなことなど気にする様子もない。

そもそも彼女が人々に好かれ、敬《うやま》われているのは、あの肉体が与える大らかな安心感のなすところも大きいはずなので、痩《や》せられては困る。

しかも彼女は見た目の印象に反して、人一倍働き者で、苦労を厭《いと》わない。

そのことは、この楽園の最初の住人として、彼女たちを島に連れてきてすぐにわかった。

彼女はあるひとつの動機のためなら、なんだってするし、苦を感じないのだ。

一人息子エミールのためなら。

彼女の名はドロリス。

亡きオークレール公爵の妻であり、ヴィクトリアの婚約者エミールの母だ。

「皆さん、慣れない方舟の旅でお疲れでしょう？　休める場所は用意してありますから、安心してくださいね」

方舟から縄梯子を伝って楽園の地に降り立った者ひとりひとりに、ドロリスが優しく声をかけて回る。

「おなかも空《す》かれているのでは？　あらあら、ふふ。皆さん、そんなに不安そうな顔をなさらなくても大丈夫ですわ。心の清らかなあなた方に危害を加える者など、この楽園には存在しないのですから」

ドロリスは愛息子《まなむすこ》エミールに対する時と同じように、見返りを求めぬ愛情で新参者たちに接した。

ドロリスの底なしの母性を前にすると、誰もが気を許してしまう。

楽園に到着した時はあれほど警戒心と恐れを剝《む》き出《だ》しにしていたのに、選ばれし者たちはもうその時ほど、不安そうな表情をしていない。

さすがだなあと俺は心底感心した。

「ラウル様、いつもと同じように皆さんを居住区画へお連れしてもよろしいでしょうか？」

「もちろん。新入りさんたちを任せたよ、ドロリス」

ドロリスが聖母のような微笑みを浮かべて頷《うなず》く。

「ああ、でも居住区に移動させてからの案内は後回しな。今日は週に一度の裁定の日だから」

「は、はい。いつもどおり神殿のほうに参ります」

裁定の日。

その言葉を聞いた途端、ドロリスの顔に影が差した。

物言いたげに彼女の視線が動くが、結局ドロリスは言葉を呑《の》み込んだ。

「では、居住区へ向かいます。――さあ、皆さんついていらして下さい。これから皆さんが暮らす素敵なおうちへご案内いたしますわ」

声をかけられた新参者たちが、ドロリスと俺を交互に見やる。

ドロリスについていくか、俺とともにこの場に残るか。

迷う必要もなかったらしく、新参者たちは慌てた様子でドロリスの後を追いかけた。

◇◇◇

ドロリスがエミールのため、身を粉《こ》にしてラウルの補佐をしている頃、当のエミールはとんでもない窮地《きゅうち》に立たされていた。

「みんななぜ行動を起こさないんだ!?　また新たな犠牲者《ぎせいしゃ》が攫《さら》われてきたんだぞ！　こんなことをいつまでも放置していて良いはずがない。みんなが賛同してくれるのなら、俺が代表してラウルのところに行ってきてもいい。俺たちを解放するよう直談判《じかだんぱん》してやる」

楽園の居住区にある広場で、男が選ばれし者たちに向かって声を張り上げている。

男の名は、アレックス・デルタ。

二人の幼い娘を持つ若い父親だ。

その場にいる人々は「またアレックスか……」と言いたげだ。

それも当然の反応だった。

アレックスは楽園に連れてこられてからほとんど毎日、この騒ぎを起こし続けているのだ。

周囲を見回すアレックスの疲れた目には、軽蔑《けいべつ》と怒りの色が宿っている。

そのせいか、もともとおっとりとした顔の造形をしていたのに、今ではすっかり人相が変わってしまっていた。

「今日到着した新参者の中にもきっと、大事な人と引き裂かれ、無理やり連行された者がいるはずだ！　そんな悲劇を放っておいていいのか!?　どうか今一度考えてみてくれ」

青筋を立てながらアレックスが叫ぶ。

「そうは言ってもな……解放してもらったとして、その後どうするんだ……？」

「決まってるだろう！　クルツ国に戻るんだ!!」

「この楽園なら安全なんだぞ。今、魔族軍に攻め込まれてるクルツ国に戻ってなんの得がある……？」

「損得の問題じゃない！　俺たちはクルツ国民だ。極悪人が作り出したまがい物の楽園にいることより、自分たちの故郷で生きることのほうがずっと自然だろ！　正しい人間でありたいなら、幻の幸福に浸かってるべきじゃない。俺はみんなのためを思って、間違いを指摘してるんだぞ……!!」

アレックスの剣幕に呑《の》まれていた人々の間に、なんとも言えない空気が漂う。

アレックスはいつでも『みんなはこうであるべき』『みんなのためを考えている』という主張を

するが、本当は個人的な動機のために動いている。

それをみんなわかっているのだ。

今まではアレックスの苦しみも理解できるので敢《あ》えて指摘してこなかったが、ここ最近のアレックスはさすがに目に余るところがあった。

「……なあ、アレックス、クルツ国に戻りたいのは本当にそれが目的か？　……別の理由があるんじゃないのか？」

「なんだと……？」

「だってアレックスは……彼女を捜したいんだろ……？　俺たちとあんたはやっぱり違うよ」

誰からともなくそんな反論が上がると、アレックスはさらに激昂《げっこう》した。

「なぜそんなに他人事《ひとごと》なんだ!?　誰かが苦しんでいるのに、あんたたち平然と見て見ぬふりをするのか。そんなことを続けていると、魂が穢《けが》れるぞ……！」

「……っ」

怒鳴りつけられた人々の間に、明らかな動揺《どうよう》が広がる。

『魂が穢れる』

その言葉は、楽園にいる選ばれし者たちを怯えさせるには、十分なほど効果的だった。

選ばれし者たちは、知っているのだ。

楽園に迎え入れられたにもかかわらず魂を穢れさせてしまった者、そんな彼らの行く末を……。

「なあ!?　みんなだって、魂を穢れさせたくはないだろう!?」

呪詛《じゅそ》をかけるように、アレックスが繰り返す。

「……」

対処に困った人々は、この騒動を収めてもらうために連れてきた人物を一斉に振り返った。

エミールだ。

ヴィクトリア王女の元婚約者であり、オークレール公爵の一人息子、そしてさらにはラウル教の教祖という立場に祭り上げられていたこともあったエミール。

ラウルが個人的にエミールを攻撃したことは一度もないが、どうやらエミールは巻き込まれ気質らしく、ラウルの復讐の弊害《へいがい》でこれまで散々苦労してきた。そしてその結果、まだ二十代前半だというのに、髪が真っ白になってしまっている。

一時はひどい幼児返りを起こしていたが、今は選ばれし者の一人として、ラウルの用意した楽園で、母ドロリスとともに生活を送っていた。

「エミールさん、お願いですからアレックスをなんとかしてください!」

「そうです、エミールさん!　ドロリスさんがいつもしてくれるように、アレックスを落ち着かせてください……!」

エミールを取り囲んでいる人々が、口々に訴えかける。

「う、ううん……」

エミールは口ごもりながら後退ろうとしたが、みんなが腕を摑《つか》んで放してくれない。

人々が言うとおり、こういう騒ぎが起きた際、いつもならドロリスがすぐに解決してくれる。

ところが今、エミールの母は新参者たちを迎え入れるため、居住区を離れてしまっていた。

そのため人々は、ドロリスの息子であるエミールに、事態の収拾《しゅうしゅう》を要請してきたのだ。

楽園にいる選ばれし者たちは、なんとなくドロリスとエミール親子のことを、リーダーだと思っていた。

エミールはそんなことまったく望んでいなかったが、どこにいても人々にとって公爵家の血は特別なのだ。

エミールは怯えた目で、周囲を見渡した。

みんなが困り果てた顔で助けを求めている。

この緊迫した空気が恐ろしい。

しかもアレックスはさっきから射貫《いぬ》くような眼差《まなざ》しで、エミールの動向を観察している。

『俺の味方をしなければ魂が穢れるぞ』

アレックスの態度からは、そんな主張が読み取れた。

もちろん悪人にはなりたくない。

でもアレックスの意見に賛同するのが正しい行いなのか、エミールには正直よくわからなかった。

なぜならアレックスからは、優しさや思い遣《や》りのようなものを感じ取れないのだ。

アレックスが垂れ流している感情は、もっと怖くて、ドロドロしたもののような気がした。

「エミールさん、どうなんですか。あなたの考えをはっきり聞かせてください。新参者の人たちの心に寄り添って、彼らに同情しているのは、どうやら俺一人らしいですが、そんな俺は間違っているんでしょうか？　どう思いますか？」

「ぼ、僕……わ、わからないです……」

「わからないなら考えろ！」

「ひぃい……突然怒鳴らないでええぇ」

「もういい!!」

アレックスはエミールがいつまでも煮え切らないため、業《ごう》を煮やしたのだろう。

そう言い捨てると、大地を踏みしめながら立ち去っていった。

取り残された人々はアレックスの姿が完全に見えなくなってから、恐る恐るというように意見の交換をしはじめた。

「……アレックスのこと、このまま放っておいて大丈夫だと思うか……？　あいつが俺たちを責め

るたび、俺は自分の魂が穢れていくような気がして正直恐ろしいよ……」

「……俺もだ。アレックスはたしかに苦しんでいる。それに対して、俺らは何かしてやったか……？　アレックスの言うとおり、見て見ぬふりをしているだけなんじゃないだろうか。他者の苦しみから目を背けて、傍観者《ぼうかんしゃ》でいることが正しい行いだと言えるか……？」

「……でもそもそもアレックスの主張は正しいのか？　アレックスはすべての不幸は、ラウルさんが俺たちを強制的に楽園に連れてきたせいで起こったと考えている。だが今の俺たちは別に不幸じゃないよな……？」

「ああ、むしろ魔族軍の侵略にも怯《おび》えず、穏やかに暮らせている。たしかに楽園に連れてこられた時は、わけがわからなかったし、怯えもした。だがこの結果から見れば、俺たちはラウルさんに感謝すべきだよな……？」

「そうだ。平穏な暮らしを与えてくれたのに、文句を言うなんて思い上がった人間のすることだ。それこそ魂が穢れる行いじゃないか？」

「……そもそもアレックスの不幸は、ラウルさんによって引き起こされたものじゃない。あいつの場合、ほとんど逆恨みだ。俺たちは筋の通らないアレックスの復讐に巻き込まれかけてるだけじゃないか……？」

「……たしかに。それにアレックスのあの態度を見ただろう？　どう考えてもまともじゃない」

「……俺はアレックスの負の感情に影響を受けて、自分の魂が穢れてしまうんじゃないかって恐ろしいよ。今だってアレックスの陰口をこそこそ叩いているようで、気が気じゃない……。こんなことしたくないのに……」

その場に残っていた人々は、怯えた目でお互いの顔を見合った。

自分たちの魂が穢れていないか、確認し合うかのように。

アレックスが吐いた『魂が穢れるぞ』という脅《おど》し文句は、選ばれし者たちのうえに暗く重い影を落としたまま離れていこうとしない。

その時、楽園全体に唐突《とうとつ》な鐘の音が鳴り響いた。

一同がびくっとなって顔を上げる。

「審判の時だ……」

その鐘の音は、楽園に建てられた神殿で定期的に行われる『審判』に参加するよう呼びかける合図だった。

「急いで神殿に移動しなければ……！」

「ああ。とにかくアレックスのことは一旦忘れるんだ。審判に影響しかねない……！」

強張《こわば》った顔で頷《うなず》き合った人々が、慌てた足取りで歩き出す。

「あ、ま、待って……」

みんなが話し合っている間、まったく会話に参加できずにいたエミールも慌ててみんなを追いかける。

自分の魂とみんなの魂が穢れていないといい。

最後尾をてとてとと歩きながら、エミールは心からそう願っていた――。

◇◇◇

ラウルは、楽園で生活する者全員に審判への参加を義務づけていた。

どんな理由があろうと例外は許されない。

知らぬ間に芽吹《めぶ》いた邪悪の種を見逃すことは、楽園の崩壊を招きかねないからだ。

審判は楽園の北側、高台の上に建造した神殿で行われる。

ラウルが到着すると、神殿内にはすでに楽園中から集まった選ばれし者たちで一杯になっていた。

今回は方舟《はこぶね》で到着した者たちも、次回の裁定から参加することを考えると、神殿の拡張が必要そうだ。

この楽園への移住者は、まだもう少し増える予定なのだ。

増築計画を練《ね》りながら、神殿の中央にある階段を上っていく。

ラウルが最上段に辿《たど》り着くと、途端に神殿内の空気が凍りついた。

壇上《だんじょう》から見渡せる人々の顔に浮かんでいるのは、怯え、怯え、ひたすら怯え。

人々の先頭にいるドロリスでさえ、さきほどの船着き場での態度とは違い、緊張した面持《おもも》ちをしている。

「いつも気になっていたんだけど、あんたたちが今恐れているものってなんなの？　安全な生活の終わり？　愛する者との離別？　楽園からの追放？」

ラウルがにこにこしながら問いかけるが、怯えた人々はなんの言葉も発しない。

「誰も答えてくれないなんて、孤独だなあ。まあ、こんなのはいつものことだから、仲間外れにされたって泣いたりはしないけどね。まあ、いいや。審判に入ろう。今回も皆の魂、穢れてないといいね！」

それを開会の言葉にして、ラウルは裁定に取りかかった。

やることは簡単。

地獄を司《つかさど》る神の持ち物である魔法の水晶を使って、楽園に集めた選ばれし者たちの魂を再鑑定していくだけだ。

この楽園にいる選ばれし者たちは全員、かつて受けた裁定で穢れなき魂の持ち主であるという結果を得ている。

それなのにどうして何度も裁定を受けなければいけないのかというと——。

「——おっとー？　なんだよ、アレックス。あんたの魂汚れちゃったじゃん」

この日、十九番目に裁定を受けたアレックス・デルタ。

彼の頭上に浮かんだ水晶はゆっくりと濁《にご》っていき、やがてくすんだ灰色に染まった。

どうしようもない悪人の魂のように、どす黒い穢れ方ではない。

でも澄み切った美しいものたちの中に残しておくわけにはいかない。

この灰色が清い水の流れを汚染させてしまう恐れがあるからだ。

「残念だよアレックス。君とはこれでお別れらしい。せっかく楽園の一員として仲間になってくれたのにね」

「な……何を……馬鹿な……。俺の魂が穢れてるなんて嘘だ……!!」

現実を受け止められないというように、アレックスがかぶりを振る。

「もしかしてあれか、あんたの行いを糾弾《きゅうだん》したから、俺が邪魔になったのか!?　それで魂が穢れたなんて言いがかりをつけて俺を追い出そうとしてるのか！」

さすがのアレックスでも、正面を切ってラウルに楯突くのはこれが初めてのことだ。

他の選ばれし者たちはラウルの逆鱗《げきりん》に触れないかハラハラしたが、ラウルは強者《つわもの》の余裕でアレックスを簡単にあしらってみせた。

「あはは、それこそ言いがかりだよ。俺は楽園の秩序を守りたいんだ。ルール違反なんてするわけないじゃん」

「あんたの言葉なんて信じられるものか！　俺はいつだって正しいことを主張してきた!!　選ばれし者たちのためを思って！　彼らの辛《つら》さを代弁してきたんだ!!　その行為のどこに魂が穢れるわけがある!?」

「そう、まさにそれ！　自分の思い通りに事を運びたいだけなのに、誰かのためにやってるって嘘をつき続けた。そしてその意見を周囲が受け入れないと、相手のほうが悪いと言って責め立てる。そういうとこなんだよなあ。——まあ、でも決定打はあんたが他者を利用してまで、クルツ国に戻ろうと執着した原因。それに対する憎しみにあるんだけどね」

指摘された途端、アレックスの顔つきが歪んだ。

「あの女を憎むことが罪なわけがないッッッ!!　あの女が全部悪いんだッッ!!　憎まれて当然だあああッッ!!」

まるで魔物に憑依《ひょうい》されたかのような凶悪な表情を晒《さら》して、アレックスが叫ぶ。

そんなアレックスの両脇にはまだ五、六歳と思《おぼ》しき少女二人がしがみついている。

二人はアレックスの娘だ。

「パパ……」

不安そうに娘たちがアレックスを呼ぶ。

娘の呼びかけを聞いたアレックスは、ハッと息を呑《の》み、顔つきをわずかに変えた。

アレックスの中で、不安よりも娘たちを守らねばという思いが勝ったのだろう。

「なあ、アレックス。人間の心って本当に不思議だと思わないか？　娘へ惜しみなく注ぐ愛情と、運命への憎しみが同じ心の中に住んでいて、どちらも紛《まぎ》れもない真実として存在するんだから」

アレックスとその妻ローズそれから二人の子供たちとは、魔族の襲撃を受けたガスコインという街で裁定を行った際に出会った。

アレックスと娘たちは特別美しい魂の色をしていて、選ばれし者入りを果たした。

けれど妻のローズだけは違っていた。

たった一人だけ、ぷんぷん臭《にお》いそうなほどに汚れた魂をしていたのだ。

魂の穢れを俺から指摘されたローズは、その原因は夫にあると主張しはじめた。

「私の魂が穢れているのなら、それは夫であるアレックスが、汚れ役を私だけに押しつけてきたせいです！　どうせ病で寝たきりになったアレックスの父親のことが原因でしょう⁉　あの時のことは私が悪者になるよう、アレックスに誘導されたようなものなんです‼」

「え……？　ろ、ローズ？　俺の父さんがなんだって……？　……なあ、ローズ。……父さんに何をしたんだ……？　まさか、君……」

「ほら、いつもそう！　家族の問題なのに他人事《ひとごと》みたいな顔をして、自分はよくわかっていないって態度で！　卑怯《ひきょう》な人!!」

「答えてくれ！　俺の父さんに何をしたんだ!?」

「ぶっ殺してやったわよッ！　あなたの代わりにね!!」

「な……なに……なにを……」

「やめて。わざとらしく狼狽《うろた》えて、理解できないふりなんてしないでちょうだい。あなた本当はわかっていたんだから。病気になったお義父《とう》さんは、私たち家族にとってお荷物でしかなかったことも。あなたの少ない稼《かせ》ぎでは、お義父さんの薬代はおろか生活の面倒を見るなんて無理だったことも。私たち家族がお義父さんにしてあげられるのなんて、山に捨てて飢え死にさせるか、息の根を止めて楽にしてあげるかぐらいだったってことも！　すべてわかったうえで、自分は手を汚したくないから私に言ったんでしょう？『父さんのことどうしたらいいと思う？』って。私はあなたのずるさを知った上で、自分が悪人になることを買って出てあげたのよ。そうしなければ家族を守れなかったんだから。なのにあなたが私を責めるのなんて間違っている。むしろ感謝してお礼を言うべきなのよ！　父さんを殺してくれてありがとうってね!!」

「……ッッッ」

強烈な怒りを感じた時、その場でそれを表現できる人間ばかりではない。

アレックスは体を震わせながら立ち尽くすことしかできず、そのままローズとは別れ別れになった。

アレックスは娘たちとともに楽園へ。

ガスコインの街に残されたローズがどうなったかは不明だ。

まあガスコインは俺が訪れた数日後、魔族軍からの本格的な攻撃を受けて壊滅したというから、巻き込まれて死んだ可能性がかなり高いだろう。

「――あんたの妻は多分もう死んだ。それは教えてやったよな？」

「……」

青ざめた顔をしたアレックスが頷《うなず》く。

義父を殺《あや》めるという罪を犯したうえ、魂ががっつり穢《けが》れていた女だ。

死ねば間違いなく地獄に堕《お》ちる。

それだって教えてやったのに。

「……多分死んだ、じゃ満足できないんだよ……。……ラウルさん……あんたならわかってくれるはずだろ……？」

アレックスが消え入りそうな声で言う。

ラウルは優しく微笑《ほほえ》みながら頷き返してやった。

「もちろん。あんたの復讐心は理解できるよ。俺はそれを否定しない。でもさ、アレックス、復讐心に取り憑《つ》かれた奴が楽園で幸せに暮らせるわけないじゃん？」

「……だったら……だったらなんで俺を楽園に連れてきたんだッッ!!　放っておいてくれればよかったのに!!　そしたら俺はあの女にあの場で復讐を果たせたッッ!!　俺は間違ってないだろッッ!?　なあ、みんな!!　俺の主張、絶対正しいよなッッ!?　こいつ身勝手に俺を連れてきて、今度もまた身勝手に追い出そうとしてるんだぞッッ!?」

アレックスが味方を求めて、選ばれし者たちを振り返る。

選ばれし者たちの中には、アレックスを庇《かば》うべきか迷っている人も少なくなかった。

でも次のラウルの言葉によって、どちらが正しいのかがすべて明るみに出てしまったのだった。

ラウルは同情を込めた声で、ゆっくりと言った。

「アレックスを楽園に連れてきたのは、あんたの魂が穢れていなかったこともそうだけど、あんたがその子たちの親だからだよ。子供たちを捨ててでも、あの場に留まって復讐を果たすほうがよかった？」

「あ……」

アレックスは思い出したように子供たちを見た。

その振る舞いによって、彼が完全に子供の存在を失念していたのだと明らかになってしまった。

「あとひとつ聞いておきたいんだけど、復讐しにクルツ国に戻りたいって言ってたのに、なんで追放がいやなの？」

アレックスはぽかんとした顔で瞬きを二回してから、あっけらかんと答えた。

「なんで俺一人だけ楽園追放になるんだ？　ここにいるみんな、俺の辛さを知ってるんだ。そいつらが楽園でこれからさきもぬくぬく平穏に暮らしていくのに、俺だけ危険なクルツ国に戻るなんて変だろ？　みんな俺に同情して、ついてきてくれるべきだ。それが善人のする正しい行いだ！　俺を見捨てるような奴らは楽園にいる資格なんてないだろ!!　子供たちだってそうだ!!　父親の俺と離れるぐらいなら、楽園を去るほうを選ぶべきなんだッッ!!　ここまで俺が育ててやったんだからッッ!!」

肩で息をしながら、アレックスが喚《わめ》きたてる。

ラウルはじっと黙ってアレックスのことを見つめてから、悲し気に眉《まゆ》を下げた。

「アレックスの魂、もともとすごく綺麗《きれい》だったのになあ。綺麗だから、穢れる時はとことん堕ちちゃうのかなあ。悲しいなあ。悲しいよねえ。でもこれが現実なんだよなあ」

「くそっ……!!　確かに俺の魂は穢れたかもしれない……！　でもそれは俺の苦しみを理解して、手を差し伸べてくれなかった周りのせいだ!!　俺には幼い子供がいるのに!!　一人で育てなければいけないのに!!　もっと同情してくれるべきだろ!?　もっと俺のために!!　俺を哀れんで、俺と一緒にあんたを憎んで、俺の復讐に協力してくれるべきだったんだ!!　それをしない時点で、みんな偽善者だ!!　偽善者たちの罪を暴いて、道連れにすることの何がいけない!?　俺は間違っていない……!!」

「はぁー、選ばれし者だった時があったのが嘘だと思えるぐらい、堕ちたねえアレックス。言ってることめちゃくちゃで、ツッコミどころ満載なんだけど、もうこれに尽きるね。——ダシにされるあんたの子供が可哀想《かわいそう》」

いつもニヤニヤと楽しげなラウルが、最後の言葉を伝える時だけふっと真顔になった。

その場にいる誰も言葉を発しなかったが、皆の気持ちが完全にラウル側に傾いたのはその時だった。

ラウルはめちゃくちゃだし、大量に人を殺した、間違いなく悪人だ。

それでも今は、父親面《づら》をしたアレックスよりも、明らかにラウルのほうが正しい。

選ばれし者たちはそう感じたのだ。

「……な、何言って……ダシになんてしてるわけ……」

周囲から向けられる白い目に気づき、おどおどした態度でアレックスが子供たちを振り返る。

子供たちは真っ直ぐな目で、曇りのない瞳で父親を見つめ返した。

二人とももう泣いていない。

互いに手を取り合って、ただじっと父だった化け物を見つめている。

「おい、おまえたち……！　おまえたちは、父さんと一緒に行くよな……⁉」

子供たちは首を横に振った。

「おまえたちッッ……!!　くそくそくそ!!　ラウルさん、考え直してください!!　子供たちが楽園に留まりたいって言うんですッッ!!　だったら俺はこの子たちを置いてはいけないッッ……!!　もう復讐とかいいから、俺を楽園に残してくださいよッ!!」

必死な形相《ぎょうそう》でアレックスが叫ぶ。

この期に及んでまだ子供を利用し、この楽園に留まろうというのか。

似たようなクズなら何度も見てきた。

アレックスは果たしてどうだろう？

アレックスが死んだ後、地獄で会うことがあったら、その時には答えがわかるだろう。

「じゃあね、アレックス。元気でな」

指を鳴らし、アレックスの足下に穴を開ける。

「……ッッッ!!」

アレックスは絶叫しながら穴の中に落ちていき、すぐにその叫び声も聞こえなくなった。

アレックスの娘たちは呆然《ぼうぜん》とした顔で涙を流している。

選ばれし者たちの中からもすすり泣きが漏《も》れる。

誰もがやるせない気持ちで胸がいっぱいなのだ。

それでも選ばれし者たちは皆、ラウルが自らの手を汚すことで、アレックスの穢れから自分たちを守ってくれたのだと理解していた。

三話

The brave wish revenging, The power of darkness

審判を終えた俺が楽園を離れてから数日。

俺は今、クルツ国王都アウエルバッハ城にいる。

国王が俺から逃げてこの城を捨ててから、俺はここを根城にしていた。

「ん？　あれ？　お客さんか」

城門の前に何やらぞろぞろと人が列をなしている。

城の窓から飛び出した俺は、そのまま降下して、列をなす人々のもとを目指した。

彼らをまとめているのは、見知った奴だった。

「よしよし。こいつが出てきたってことは、俺の計画が順調に進んでるってわけだな」

いよいよクルツ国王は追い詰められ、崖《がけ》っぷちに立たされたのだ。

この後の展開を想像した俺は、ゾクゾクしながら身震いした。

すべて完璧《かんぺき》な結末へ向かうためにも、城門前に集まってくれた皆さんを含め、丁重におもてなししなくてはいけない。

「やあ、ブラッカム中将。久しぶりー」

声をかけながら地上に降り立ち、にっこにこの笑顔で歩み寄っていく。

ブラッカムは一瞬こめかみに青筋を立てたが、ぐっと拳を握って下手《へた》くそな愛想笑いを浮かべた。

ブラッカムが連れてきた兵士たちは、そわそわと落ち着かない様子で、俺たちのやり取りを見守っている。

「これはこれはラウル殿。お会いすることができてよかった。国王陛下のご命令で、こちらの贈り物をお持ちしたのだ。――と、その前にひとつ訂正《ていせい》しておきたい。今の私は中将ではなく将軍だ。どうかブラッカム将軍と呼んでいただきたい。エルンスト・ブラウンが貴殿に殺害されてすぐ、私が空《あ》いた地位に収まったわけで――」

そこまで聞いたところで我慢の限界。

俺は盛大に噴き出した。

腹を抱えてげらげら笑う。

「むっ。な、何がおかしいのだ」

「いや、何がじゃないよ。筋肉だるまで他になんの取り柄もない単細胞生物だってのに、今日はやけに頑張って喋《しゃべ》るじゃん？　大方、俺と会ったら何を話そうか、寝ないで考えて暗記でもしてきたんだろ？」

「そ、そんなことは……！」

子供でももうちょっとうまく誤魔化《ごまか》すと思うけど。

これだから単細胞生物は。

「にしてもブラウン将軍の後釜《あとがま》につけたことがよっぽどうれしかったんだねえ。ブラウン将軍の名前を出した途端、口元がにやついちゃってたよ。でも浮かれてるところ悪いけど、俺にとって将軍はエルンスト・ブラウンただ一人なんだ。だからあんたを将軍って呼ぶつもりはないよ。そもそも棚《たな》ぼたでその地位についたあんたに、将軍を名乗るほどの能力なんてないだろ？　ブラウン将軍が生きてる時は、あんた一度だってあいつを出し抜けなかったんだから」

「なんと言われようが私が将軍だ！　なぜならエルンスト・ブラウンは死んだのだから!!」

「んー。てかそんなに拘《こだわ》るなら、復活させてやろうか、本物の将軍を」

「なんだと……？」

「地獄を司《つかさど》る神の能力を引き継いだおかげで、地獄堕ちした者の魂だったら、好き勝手できるようになったんだ。うらやましいだろ？　あんたが大好きな将軍に、俺はこうやっていつでも会えるんだから」

「地獄を司る神……？　魂……？　何を言っているかわからんが、そんなことより私がエルンスト・ブラウンを好きだと⁉　虫唾《むしず》が走る！」

「なんで？　ライバル視して、いつでも将軍のことばっか気にしてたじゃん。そんな執着はもう愛情と変わらないよ。さあ、将軍。おいでー」

魔法を発動させ、ミニチュアサイズの将軍を呼び寄せる。

『……⁉　こ、ここはどこ……ひぃっ⁉　ら、ラウルッッ……‼』

唐突《とうとつ》に地獄から召喚された将軍は、わけがわからないという顔のまま悲鳴をあげた。俺はそんな将軍をむんずと捕まえて、自分の手のひらの上に乗せてやった。将軍は、不安そうに視線をオロオロ彷徨《さまよ》わせている。

「ほら、中将。見てみなよ。久しぶりの将軍だよ。再会できてどんな気持ち？」

「……まさかそんな。本物のわけがない。あの男は死んだんだ……。そんなものは魔法で作り出したまやかしだ……！」

「えー。ひどいなあ。中将が信じてくれないんじゃこの将軍は用なしだから、殺しちゃおうか」

『や、やめてくれええっ‼』

手のひらの上の将軍が、ばたばたと両手を振りながら叫び声を上げる。

『もう地獄には戻りたくない……‼　なんでもするから殺さないでくれッ‼』

甲高《かんだか》い声でわめく将軍が鬱陶《うっとう》しいので、指先でピンッと弾いてやる。

『ぎゃっ』

たったそれだけでも小さな将軍には大ダメージらしく、彼は弾かれた肩を押さえて倒れた。

「なあ、中将。俺もあんたと同じで将軍が大嫌いだ。憎んで、憎んで、憎みまくってる。散々苦しめて殺した後も、将軍の存在を忘れたことなんてない」

俺は手のひらの上で苦しんでいた将軍をむぎゅっと握りしめ、自分の顔の前まで引き寄せた。

それから小さな将軍の体をべろっと舐《な》め回して、けたけたと笑う。

「中将と俺、どっちが将軍をより深く愛しているのかなぁ？」

ブラッカムは嫌悪感を露わにした顔で、俺を睨《にら》んできた。

「……憎しみを愛なんだという言葉に置き換える悪ふざけはやめていただきたい。——だが、エルンスト・ブラウンへの憎悪という点では、悪いが貴殿と私では歴が違うぞ」

「へえ？」

「私とエルンスト・ブラウンは王立魔法学園の幼稚舎時代からの付き合いなのだ。積み上げてきた時間も、思い出の数も比較にならんだろう」

腰に手を当ててふんぞり返ったブラッカムが、ふんと鼻息を吐く。

なるほど。どうやら将軍とブラッカムは、俺と大魔導士ヴェンデルのような関係だったらしい。

「ラウル殿、貴殿がエルンスト・ブラウンを恨んでいるのは、奴が貴殿の母君を殺害し、その肉を喰らったからという理由だけであろう？」

「まあ、そうだね。それだけだ」

俺はにっこり笑いながら頷《うなず》いた。

「ふん！　少ない！　ふんはっ！　少なすぎる！」

喚《わめ》いたブラッカムは、将軍との長い付き合いの中で、自分がどれほどの被害を受けてきたのか、早口で捲《まく》し立てた。

自分が狙った女はいつも将軍のほうを好きになっただの。

魔法学園での試験で、将軍が一位になるせいで、自分は二位にされただの。

決闘を申し込んだのに、弱い者いじめしたくないなどというふざけた理由で断られただの。

自分の妻は子ができなかったのに、将軍の妻は健康な男子を二人も産んだことが許せないだの。

何より結婚の相談がなかっただけではなく、自分を結婚式に呼び忘れたことがありえないだの。

うわぁ……と思いつつ、心の広い俺はブラッカムの主張を一応最後まで聞いてやった。

そうして散々喋り倒したブラッカムが、ふうと息をついたところで一言。

「ちなみに俺は結婚式呼ばれたよ」

「……な……なんだと？」

「将軍から直々に頼まれてさ」

「……参列したのか？」

「まあね。当時は一応将軍が俺の後見人みたいなもんだったから、断れないだろ？」

「そ、そうか……。行ったのか……結婚式……そうか……そか……」

大きな体を丸くして、ブラッカムが本気で落ち込んでいる。

握りしめている将軍に目を向けると、将軍は死んだ目で遠くを見つめていた。

一方的にとはいえ、こんな奴にライバル扱いされていた将軍も、こんな奴を送り込むほど弾切れを起こしているクルツ国王も哀れすぎるだろ。

こんな奴の相手をさせられている俺に関しては、復讐が絡めばどんな状況でも楽しんじゃう子なので問題ないけど。

「とはいえ、他の皆さんが置き去りにされて戸惑ってるから、話をそろそろ本筋に戻そうか」

俺がブラッカムの背後に並んでいる面々に視線を向けると、ブラッカムもはっとなってそちらを振り返った。

並んでいるのはざっと見て五十人。

全員手足に枷《かせ》がはめられていて、鉄の鎖でひとつに繋《つな》がれている。

まるで巨大なムカデのように。

「こ、こほんっ。先ほどもお伝えしたが、これらは国王陛下からラウル殿への贈り物である。こいつら一人一人の顔をよく見ていただきたい！　これが貴殿にとって、どれほど価値のある品であるかおわかりいただけるだろう」

ブラッカムが何を言いたいのかは、もちろん理解できている。

俺と姉さん、母さんがよく似ていたように、彼らも俺の知る彼らの家族とよく似ていたからだ。

「国王陛下は、国家魔導士たちによる襲撃事件に関して、正式に謝罪したいと仰《おつしや》られている。一連の騒動はすべて国家魔導士たちが暴走の果てに独断で起こしたものであり、陛下とは一切関わりがない。だがしかし、陛下は魔導士たちに国家の冠を与えた自分にも責任の一端はあるとお考えになられたのである」

「この献上品たちは謝罪の印ってこと？」

「いかにも。ラウル殿は、陛下から授けられしこれらの品を謹《つつし》んで受け取られるがよい」

「いや、いるわけないじゃん。返品返品」

「な……!?　自分が何を言っているのかわかっているのか……!?」

目を剝《む》いたブラッカムが怒鳴り声を上げる。

やれやれ、わかっていないのはどっちだ。

「ははあ！　貴殿さてはこいつらが何者なのか理解できていないのだな!?　ちゃんとよく見ろ！」

ブラッカムが鎖の端を乱暴に引くと、捕らえられている人々が痛みのあまり悲鳴を上げた。

そのうち三人ほどが、バランスを崩して前に数歩飛び出した。

中でも派手に転んだ若い男の頭を、ブラッカムが摑《つか》み上げる。

「たとえばこいつ!! この顔に見覚えがあるだろう！」

「もちろん。ヴェンデルそっくりだから。あいつの兄さんなんだろ？」

異国の血がわずかに混ざっていることを感じる褐色《かっしょく》の肌も、癖《くせ》のない銀髪も、目と目が少し離れているところも、うり二つといっていいほどよく似ている。

「これで髪型が同じだったら、一瞬本人かと思っただろうなあ。ねえ、お兄さん。あいつとそっくりだってよく言われただろ？」

まるで友人の兄に対するかのように、親しげに話しかける。

ところがヴェンデルの兄は怯《おび》えきった瞳を伏せたままで、ちっともこちらを見ようとはしない。

ここにくるまでにひどい目に遭《あ》ったせいか、それとも俺によってさらにひどい目に遭わされると思っているためか。

ヴェンデルの兄の服はボロボロに引き裂かれ、もとの色がわからないほど赤黒い血の色で染まっている。

ヴェンデルの兄だけでなく、捕らわれた他の者たちも似たような有様だ。

皆、露出している肌のそこら中に傷や青あざができている。

ちなみにヴェンデルの兄の隣には、ヴェンデルの父と母。その隣にはおそらく叔父《おじ》と思われる男の姿があった。

ヴェンデルの親族たちの反対に並んでいるのが、サンドラの親族。その後ろにリーネ・ベネケ博士の親族や、将軍の親族が――という具合に、俺がこれまで復讐してきた者たちの血縁者がずらりと並んでいる。

クルツ国王とブラッカムはつまり、国家魔導士が起こした騒動の穴埋めとして、復讐相手の親族たちを俺に差し出してきたわけだ。

「なあ、中将。この人たち一人残らずやたら傷だらけだけど、どうしちゃったの？」

「ふん。こいつらは自分の身内から国を危機的状況に陥《おとしい》れた元凶を出してしまったというのに、その尻拭《しりぬぐ》いのため犠牲《ぎせい》になることを拒《こば》んだのだ。まったくけしからん」

「なるほど。それで腹いせに暴行したと？」

「暴行ではなく調教だ」

「ふうん」

ブラッカムから散々調教されたらしい彼らは、飼い主にひどい暴力を振るわれた犬のようにびくついている。

「まあ、言いたいことはいろいろあるけど……」

俺は魔法を用いて、親族たちを拘束《こうそく》している鎖を破壊した。

「は？」

「え？」

ブラッカムと同時に、鎖で繋がれていた復讐対象者の親族たちが疑問の声を上げる。

「ラウル殿……!?　なぜこいつらを解放したのだ……!?」

ブラッカムが非難するような口調で問いかけてくる。

「なぜって――……」

「……待てよ？　なるほど、そういうことか！　いやいや、これはすまん。うっかり早とちりしてしまったようだ。考えればわかりそうなものを。私の調教結果が完璧《かんぺき》に功《こう》を奏《そう》しているのを見て、わざわざ鎖なんぞで繋いでおかずとも構わぬと判断されたのだな？　ははは！　そうであろう、そうであろう！　私は調教や拷問《ごうもん》という分野において、国王軍の中でもずば抜けてセンスがあると言われてきたのだ」

「へえ、でもそれもどうせ将軍の次にって枕詞《まくらことば》がつくんだろ？」

「んんんんんっっ!?」

一瞬で真っ赤になったブラッカムの顔が、答えを教えている。

「そもそも鎖を外した理由だって的外《まとはず》れなんだって。まったく頭の悪い人間を相手にしてると、脱線ばかりで困るよ。いいか、中将。さっきも言ったけど、俺はこの連中を受け取るつもりなんてない。国家魔導士たちの行動が独断によるものだったなんて戯言《ざれごと》に付き合うつもりもないし、王サマの謝罪を受け入れるつもりもない。なーんか勘違いしてるみたいだけど、俺があいつの隣にいてやったのって、きまぐれなお遊びだよ。仲良くするのも突き放すのも俺次第。あいつがどういう関係性でいたいかなんて微塵《みじん》も関係ないんだ。おわかり？」

「ま、まさか、あいつとは陛下のことか……⁉　陛下をあいつ呼ばわりしたのか⁉」

他に誰がいるんだよ。

俺はさすがにうんざりしながら首を振った。

このままブラッカムの相手を続けていたら、こっちまで馬鹿になりそうだ。

「復讐対象者の親族の皆さーん。おれはこの中将に対してなんの怨恨《えんこん》もないから、復讐の邪魔をした敵として即死させちゃってもなんら問題ないんだけど、皆さん的にはどう？　なんか随分《ずいぶん》ひどい目に遭わされたみたいだし、もしその報復をしたいって人がいたら全然譲《ゆず》るけど。あ、でも、最後に首だけは渡してくれよな。こいつの首には、使い道があるんだ」

「お、おい、何を……むぐぅ⁉」

これ以上ブラッカムに時間を奪われたくはないので、奴の口を魔法で縫《ぬ》い合わせてしまう。

「むぐぅ⁉　むぐううう‼」

「ほら、親族の皆さん。中将は静かにさせたから、遠慮《えんりょ》なく自分の希望を伝えていいよ。――っと、その前に」

ブラッカムが連れてきた兵士たちに視線を向ける。

「丸腰なうえ負傷してる親族の皆さんに、武装している兵士の集団の相手までさせるのは酷《こく》だよね」

俺がそう呟《つぶや》いたことで、兵士たちは自分たちの運命を悟ったのだろう。

唐突《とうとつ》に雄叫《おたけ》びを上げると、先手必勝とばかりに武器を構えて突っ込んできた。

「死ねえええッッッ!! 悪魔があああああ!!」、
最期に発するのが、そんな退屈な罵《のの》りの言葉でいいのかな?

そんなことを考えながら、俺は兵士たちを一瞬で消滅させた。

「これでよし。残りはブラッカムだけになったよ。どうする?」

再び復讐対象者の親族たちに促す。

親族たちは戸惑いながら顔を見合わせている。

「……なにこれ……。明らかに罠《わな》だよな……?」

「……当たり前よ。黙ってじっとしているべきだわ……。……ねえ、皆さんもそう思うでしょう……?」

皆に問いかけたのはヴェンデルの母だ。

黙っているべきだと言いながら、そうしてはいられない性分なのが顔つきによく出ている。

ヴェンデルの母はこちらの様子を窺《うかが》いながらも、他の者に声をかけて回った。

なるほど。ヴェンデルのやたらと前に出たがる目立ちたがり屋なところは、母親譲りか。

「なんの悪巧みもしてないから安心していいって。だってあんたたち、俺の人生にこれまで一度も登場してないじゃん？　復讐相手でもないし、俺の復讐の邪魔をしようってわけでもないのに、傷つけたりしないよぉ」

「……あれを信じていいのか？」

「……私にだってわからないわ」

「俺たちはあいつが心底憎んでる人間の身内なんだぞ……」

「だけど先ほどの言葉を聞いたでしょ？　私たち自身は復讐相手ではないって断言したのよ。……だいたいはじめから納得がいかなかったのよ。どうして国賊《こくぞく》の身内だからって、私たちが責められなきゃいけないの？　罪を犯したのは私たちじゃないのに。そりゃあたしかにうちの息子のせいで、国が大変なことになって申し訳ないって気持ちはあるわ。でもその責任を取れなんていうのはおかしな話だわ。いくら息子といえど別の人間なんだし。育て方が悪かっただの、モンスターを産み出しただの、散々罵られて、それだけでももう十分ひどい目に遭《あ》ってるわよ……！　加害者親族である私たちこそ、最も哀れな被害者よ!!　私たちには一切の落ち度がなかったんだから!!」

ヴェンデルの母がヒステリックに捲《まく》し立てる。

喋《しゃべ》っているうちにどんどん興奮して、周りなど目に入らなくなったようだ。

残りの親族たちはまだ俺の存在を気にしている。

だが俺がヴェンデルの母の言い分に対して黙ったまま頷《うなず》いてやると、そこから明らかに態度を変えた。

虐《しいた》げられる側から、虐げる側に、彼らは変化したのだ。

俺は大商人アリンガムのもとでひどい虐待《ぎゃくたい》を受けていた魔族たちのことを思い出した。

丸腰になったアリンガムに対し、やられたことをやり返せる。

そう気づいた瞬間、魔族たちが見せたのが、ちょうど今復讐対象者の親族たちが浮かべているのと同じ表情だったのだ。

「……そちらの奥さんの言うとおりだ。俺たち自身にはなんの罪もない！　それなのに責任を取れなどと言った国を許すべきじゃないだろ!!」

「そうよ。それどころか私たちはブラッカムからひどい暴行を受けたわ。その罪を償《つぐな》わせるべきよ！　ねえ、みなさん！　ブラッカムに何をされたのか思い出してちょうだい!!」

「そうだそうだ！　しかもブラッカムは俺たちに犠牲《ぎせい》を強《し》いようとしたんだぞ。もしラウル……さんが俺たちを受け取っていたら、俺たちは皆殺しにされていたはずなんだ。ブラッカムは俺たちを殺させるためにここへつれてきたんだからな!!」

「許せないわ！　少しぐらいやられたことをやり返したって構わないでしょ!!」

「そうだ、そうだ、そのとおりだ！」

親族たちはわっと叫ぶと、我先にブラッカムに襲いかかった。

最初は、爪でひっかく、髪を引っ張る、腕をつねるというような、猫パンチレベルの暴力だったが、カッとなったブラッカムがやり返したせいで、親族たちの怒りと攻撃性はどんどん増していった。

ブラッカムは筋肉自慢な軍人なだけあり、多勢に無勢なわりにそこそこ奮闘した。

しかし数の暴力はあなどれない。

そのうえヴェンデルの親族たちは、強力な魔法の使い手ばかりだった。

ヴェンデルの母がブラッカムにビンタされたことをきっかけに、彼らは容赦《ようしゃ》なく魔法で攻撃するようになり、あっという間にブラッカムの動きを封じてしまった。

そこからは一方的な蹂躙《じゅうりん》がはじまった。

時間を持て余した俺は、暇つぶしがてら魔法の水晶を取り出し、嬉々としてブラッカムを痛めつけている魂の色を覗《のぞ》いてみた。

「あーあー。まあそうだろうな」

親族の中には、穢《けが》れなき魂を持つ選ばれし者は一人もいない。

この惨状《さんじょう》を見れば、当然ともいえる。

ブラッカムの返り血を浴びた親族たちの顔は興奮のあまり歪み、地獄で見た悪鬼の姿を連想させた。

「あはは、すごいねえ将軍。人間がどんどん堕落《だらく》していく様を、こんなふうに目《ま》の当たりにできるなんて」

ぐうー。

「ん？」

握りしめていた将軍がうなり声を上げたのかと思ったが、どうやらそうではないらしい。

「もしかして今のって、将軍の腹の音？」

手のひらを広げてその上に将軍を乗せてやると、自由に動けるようになった将軍は自分の腹を両手でさすった。

小さな将軍の視線は、血まみれのブラッカムに釘づけ状態だ。

「よかったなあ、ブラッカム。おまえの片思い、ここにきてようやく報われたようだよ。——将軍、参加してきてもいいけど、親族の皆さんに殴《なぐ》られないよう気をつけろよ？　今のちっちゃい将軍じや、一発ぶん殴られただけで死んじゃうだろうから」

俺が地面に降ろしてやると、ミニ将軍は瞳をキラキラさせながらブラッカムのもとに突っ走っていった。

殴られ抉《えぐ》られたことで皮膚《ひふ》の下から肉が覗いているブラッカムの太もも。

その場所めがけて将軍が飛び込む。

将軍は大喜びでブラッカムの生肉に食らいついた。

しかしどうやら思っていたほど肉の質がよくなかったらしい。

将軍がぺっぺっと肉を吐き出す。

『なんだこのまずい肉は……!!　食えたもんではない!!　こんなものを食って腹を壊したらかなわん』

「可哀想《かわいそう》に。ブラッカム。人間としてだけじゃなく、肉としても将軍に認めてもらえなかったかぁ」

当のブラッカムはもうほとんど虫の息で、死ぬ直前まで将軍に存在を否定されたことには気づいていない。

『こんな肉を食うぐらいなら、あちらの年増《としま》の肉を試した方が――』

そう言ってヴェンデルの母に興味を示した直後、将軍はブラッカムにとどめを刺そうとするヴェンデルの母の攻撃に巻き込まれて破裂してしまった。

「あちゃー。将軍ってば、ちゃんと忠告しておいたのに」

あっさり殺されて地獄戻り。

「せっかく復活させてあげたのに、二度目の人生も秒で終わっちゃったね、将軍」

将軍を潰した一撃は、瀕死《ひんし》のブラッカムにとっても致命傷になったらしい。

気づいた時にはすでに、ブラッカムは事切れていた。

「はいはい、親族の皆さーん。中将死んじゃったから、その辺で解放してやってね。それ以上は単なる死体蹴《げ》りになっちゃうよー」

そもそもブラッカムは彼らの命を奪いはしなかったのだから、殺した時点でやり過ぎっちゃあやり過ぎなのだが。

「ふん！　ざまあみろ、この豚が!!」

「国民を大事にしない国なんて、この豚同様滅びればいいんだ！」

「そうだ!!　どうせなら国王にも報復してやろう！　あいつを守っていた将軍がこのザマなんだ。国王軍が王都を離れている今、あの男は丸腰同然！」

「賛成よ！　私たちの手で革命を起こしてやりましょう！」

「賛成！　賛成!!」

いやいや。復讐なのか、革命なのか、動機が迷走しちゃってるじゃん。

俺は苦笑しながら、親族たちを見送った。

もし彼らに国王を殺すほどの力があったのなら、俺の大切な復讐相手を守るため、彼らを止めたところだが、その必要性は感じなかった。

「だからって、あいつらの命を守る気にもならなかったしなぁ」

なかなかにクズな発言を繰り返していた身勝手な加害者親族たち。

『加害者親族である私たちこそ、最も哀れな被害者よ!!　私たちには一切の落ち度がなかったんだから!!』だっけ？」

よく被害者遺族の俺の前で、そんなこと言えたよなあ。

あれじゃあ仲良くできそうにない。

というわけであの親族たちにこの後どんな未来が待ち受けていようが、俺には関係ない。

「まったくこの国のクズ人間の多さには辟易《へきえき》とさせられるな。バランスが悪すぎるんだよ。バランスが」

ごく少数の選ばれし者を除いて全員がどクズなのだ。

善と悪の極振《ごくふ》りにはいい加減飽き飽きしている。

「極端に善い人間と、極端に悪い人間しか創造できなかったなんて。それを創り出した神って、糞《くそ》みたいな想像力しかなかったんだろうな。もうちょっと頑張ってほしかったけど。実力以上を求めたって意味ないか。——なあ、無能な絶対神様ー。どっかで聞いてんだろ？　俺なんかに馬鹿にされちゃって哀れだねえ！」

天を見てそう叫んだら、頭上で一瞬雷鳴が轟《とどろ》いた。

「なんだよ、そのしょぼい回答」

くくっと笑いながら、視線と意識を地上に戻す。

「さて、この返礼品を届けに行くとするか」

ブラッカムの遺体のもとへと移動した俺は、地面に転がっている奴の頭を両手で持ち上げ、勢いよく捻《ひね》った。

骨が折れる音と、肉が断ち切れる音を響かせながら、奴の首が胴体から離れる。

「問題はどうやって運ぶかなんだけど」

こんな奴の頭を抱きかかえてはいきたくない。

うーんと唸《うな》りながらブラッカムの頭を観察する。

髪はほとんどむしられ、ピンク色の頭皮が見えている。

これでは摑《つか》むところがない。

仕方ないので魔法で剣を取り出し、その切っ先にブラッカムの頭を突き刺した。

「これでよしっと。んじゃ、この手土産《てみやげ》を持って、クルツ国王が引きこもってる地下要塞《ようさい》へ向かうとしますか」

◇◇◇

「──おい。さすがにパワーバランスがおかしいだろ。このままじゃマトモな賭《か》けにならねえよ」

竹ぼうきのような黒髪を逆立てた人相の悪い神が怒りに任せて拳を叩きつけると、神殿内がグラグラと揺れた。

背中には大槌《おおづち》を二本背負い、腰元には火箸《ひばし》や焼き柄などの商売道具をジャラジャラと垂らしている彼は、鍛冶《かじ》を司《つかさど》る神だ。

「ちょっとぉ、鍛冶を司る神ってば。うちの神殿を壊さないでよぉ?」

今回の【神様会議】の場として、自分の神殿を提供した美を司る神が赤い唇を尖らせる。

鍛冶を司る神は苛立《いらだ》ちのあまり瞳を燃やしながら、美を司る神を睨《にら》みつけた。

「うるっせえなあ、ブスッ!! 救世主の小僧が試練を乗り越える側に賭けてるからって、俺の邪魔をすんじゃねえよ!!」

「もぉー。カッカッしちゃって。相変わらず怒りんぼさんなんだからぁ。それにあたしはブスじゃありませんよーっだ」

美を司る神の言葉に、他の神々が苦笑いを浮かべる。

ここにいる神々の中で一番口が悪い鍛冶を司る神は、血気盛んでこうやってしょっちゅう他の神に噛《か》みつくのだ。

今集まっている神たちのほとんどが、彼による乱暴な甘噛みの犠牲者《ぎせいしゃ》だった。

今日の【神様会議兼救世主ラウル観察会】に参加している神の数は三十人を越える。

十二神以外が参加するのは珍しい。

初期の頃、つまりラウルが一方的に痛めつけられていた頃に比べると、なかなかの出席数だ。

地獄を司る神と愛の女神がラウルに殺害されてから、明らかに顔を出す神の数が増えている。

これまでは、神の間で行われている【ラウルの運命を巡る賭け】に関して、結果が出るのはまだしばらく先だと考えられていた。

しかしラウルが神を殺すほどの力を身につけたことで、状況が一変してしまった。

その状況に危機感を持った神たちが会議に顔を出すようになり、出席率が跳ね上がったのだった。

「まあでも鍛冶を司る神が言うことも一理あるよ」

「やだ、音楽を司る神もあたしがブスだって思ってるの？　美的センスどうなってるの？」

「いや、そっちじゃなくて」

鍛治を司る神と美を司る神の間に割って入った音楽を司る神は、肩を竦《すく》めながら首を横に振った。

「救世主くんと争っている人間側には、もう魔法すらまともに発動させられない死にかけの国王一人しか残っていない。このまま我々神がなんの関与もしなければ、あの国王はあっさり殺され、救世主くんの試練は早々に終わりを迎えてしまう。それじゃあちょっと温《ぬる》すぎないかな？　僕らがしている賭けの結果以前に、救世主くんへ課せられた試練として物足りない気がするんだ」

「そうだろ!?　音楽、いいこと言うじゃねえか!!　救世主の小僧にこれまで起こったことを思い出してみろよ。母親を食われて、妊娠中の姉を強姦《ごうかん》されて、仲間に裏切られて？　あとなんだっけ」

「反逆者の汚名を着せられて、処刑されたってのはあるね」

音楽を司る神が補足する。

「ああ、そうだ。でも所詮《しょせん》その程度だぜ!?」

「おっと。仲間を化け物にされて失ったっていうのもあったな」

「あー？　んなのいちいち数え上げるほどのことの悲劇でもねえだろ！」

「はは、まあね」

「とにかくだ!!　救世主の小僧はまだたいした目に遭《あ》っちゃいねえ。なのに地獄を司る神の権限を手に入れたことで、とんでもなく調子に乗ってやがる。このまま試練が終了すれば碌《ろく》なことにならなねえ。だから俺がちょこっと介入《かいにゅう》して、てこ入れしてやろうってわけだ！」

鍛冶を司る神の提案が終わると、他の神々は次々自分の意見を口にした。

ラウルが試練を乗り越えられないというほうに賭けている神はもちろん、鍛冶を司る神の意見に賛成だった。

それだけでなく、ラウルが試練を乗り越えられるというほうに賭けている神たちもまた、鍛冶を司る神を擁護《ようご》するような発言をした音楽を司る神の言い分に関しては、理にかなっていると考える者が多かった。

「ちょっと待ったー！」

勢いよく手を挙げたのは、くりくりとした大きな目と、好き勝手に飛び跳ねた黄色い髪が印象的な少年だ。

人間でいうところの十四、五歳にしか見えないし、ここにいる神の中では最年少だったが、それでも彼の実年齢は三〇〇歳は優に超えている。

「その役目、僕様にやらせてほしいなっ！」

鍛冶を司る神は会話に割り込んできた少年を見ると、馬鹿にしたように鼻で笑った。

「はあ？　クソ雑魚《ざこ》の火を司る神代理が何言ってんだ。おまえごときに務まると思ってんのか」

火を司る神代理と呼ばれた少年は一瞬ムッとなったが、すぐヘラヘラとした笑顔で本心を誤魔化《ごまか》

した。

「代理だから認めてもらうための場がほしいんだよう！　僕様が何百年代理でいると思ってんの？　そろそろチャンスをくれてもいいじゃん！」

懇願《こんがん》しながら、火を司る神代理が絶対神を振り返る。

「どうかな、絶対神！　僕様が現世に行って、ラウルの邪魔をしてきてもいいよねっ!?」

火を司る神代理はそう叫びながら、上座に視線を投げかけた。

そこには体を横たわらせてくつろぐ黒髪の女神と、その腕に抱かれ女神の乳房をいじっている赤子の姿があった。

「うーん、そうだなぁ」

声を発したのは赤子のほうだ。

この赤子こそがすべての神の頂点に君臨する絶対神である。

神々たちの王である絶対神は、妻の腕に抱かれたまま思考を巡らせた。

「あの子の邪魔をしに行くのは構わないけど、火を司る神代理で大丈夫かのうー。地獄を司る神みたいにあの子に殺されて能力まで奪われちゃうと、ちょっと面倒くさい事態になるからのう」

「はーっ？　ふざけないでよっ！　誰が誰に負けるって!?」

火を司る神代理が、人相が変わるほどの形相《ぎょうそう》で凄《すご》む。

絶対神のほうはまるで相手にせず、妻である結婚を司る神の乳房を相変わらず両手で揉《も》み続けている。

「ねえ、妻。揉んでも揉んでも全然乳が出ないんじゃが」

「当然ですよ。あの子を生んでからもうだいぶ経ちますもの」

「そっかー。じゃあそろそろまた子作りをしたほうがいいかのう？」

絶対神が自分のもこもこしたオムツに手をかけたため、火を司る神代理は「ちょっとおっっ!!」と叫んだ。

「子作りより先に、僕様の提案への回答をしてよう!!」

「えー。子作りのほうがわしにとってはよっぽど大事なんだが。妻の母乳が出ないとか、赤ちゃんプレイの楽しさ半減ではないか」

「むうううううううっっ!!」

思うとおりに事が運ばず、火を司る神代理は涙目になってイヤイヤをした。

「やれやれ、絶対神。火を司る神代理を焦らすのもそのくらいにしてやってください。イライラしすぎて泣きそうになってますよ」

「そうよう。この子も鍛冶を司る神と一緒で癇癪《かんしゃく》持ちなんだから。このままだと泣きながら暴れて、あたしの神殿壊されちゃう。そんなことになったら、また何百年も閉じ込めて反省させることになっちゃうわぁ」

音楽を司る神と美を司る神はよかれと思って助け船を出したのだが、それが余計、火を司る神代理を苛立たせた。

「僕様は泣きそうになんてなってないもん!!」

彼が怒鳴り声をあげるのと同時に、火を司る神代理の周りに激しい炎が舞い上がった。

「しょうがないのう。わかったから落ち着きなさい。神殿が壊れたら、美を司る神が可哀想《かわいそう》ではないか。そんなにラウルの邪魔をしたいなら、行ってきていいから」

「いやっふー！」

それまでと打って変わってご機嫌な声を上げた火を司る神代理は、そのまま勢いよく飛び去った。

「音楽を司る神と、あとはそうじゃなー、戦《いくさ》を司る神がよいか。ちょっと二人とも、火を司る神の補佐をしてやっておくれ。あの子だけじゃ心許《こころもと》ないから」

「わあ、巻き込まれた」

「……」

なんとも言えない表情を浮かべた音楽を司る神と、戦を司る神の目が合う。

「ほれほれ、早く後を追うのじゃ」

絶対神は音楽を司る神と、戦を司る神を急《せ》かして出発させると、今度こそという感じで、脱いだモコモコおむつを放り捨てた。

「さあさあ、子作りじゃ子作りじゃ」

「ねえ、あなた、生まれた子供は今回も食べてしまいますの？」

「うーむ。あの子とぶつからせるのも面白いかもしれんのう」

そんな会話をかわしながら絶対神と結婚を司る神が交尾をはじめる。

残された他の神たちは慣れたもので、とくに気にせず、これからの展開はどうなるだろうかという話題で盛り上がった。

五話

クルツ国王都の地下に広がる広大な避難施設の会議室。

その中央にある長机の上に置かれたモノを見つめたまま、クルツ国王は黙り込んでいる。

ラウルが復讐した者たちの親族――国中から強制的に寄せ集められた彼らを引き連れ、停戦交渉を行うためラウルのもとへ向かったブラッカム将軍。

机の上に置かれているのは、そのブラッカム将軍の生首だ。

見開かれた右目、潰れかけた左目、鼻に寄った無数の皺《しわ》、ぐにゃりと歪んだ唇。

その形相を見れば、ブラッカムはとんでもない苦しみの果てに死んだのだと察せられた。

自分は確実にもっとひどい目に遭《あ》う。

クルツ国王は震える唇を噛《か》みしめ、自分の座っている魔道具を操作すると、急いで背中を向けた。

そのまま地下要塞《ようさい》内に用意させた自室へと逃げ込む。

恐怖に慄《おのの》く姿など、臣下の誰にも見られたくはなかった。

「……臣下？」

ブラッカムは殺された。

残っているのは貴族の腰巾着《こしぎんちゃく》どもだけだ。

まともに戦える者、本当の意味で臣下と呼べる者はもう誰も残っていない。

「……我は一人きりだ」

国王軍を街の護衛に向かわせたのは、やはり失策だった。

最悪の場合、街などすべて奪われたって構わないではないか。

国にとって大事なのは、国王である自分の命だけだ。

この命を守るためなら、街も民も喜んで犠牲《ぎせい》になるべきはず。

「今すぐ国王軍を呼び戻すか……？」

ブラッカムの首を持って現れたラウルは、剣の切っ先に刺していた首を机の上に放り捨てると、
あっさり立ち去ったらしい。

ラウルを目撃した貴族によれば、奴は最後にこう言い残していったという。

——仕上げに取りかかるまで、あともう少し。時が満ちたらまた会いに来るよ——

「……っ」

クルツ国王はほとんど残されていない力を振り絞《しぼ》って、自分が座っている魔道具の支えをきつく握り締めた。

生殺与奪《せいさつよだつ》の権利を握られているという事実に、強烈な怒りと恐怖を覚える。

(奴は必ず帰ってくる)

それがわかっているのに、間に合うかもわからない軍を呼び戻すことしか自分にできることはないのか。

悔《くや》しさのあまり、噛みしめていた唇から血が滲《にじ》む。

無駄に流すことなど許されない高貴な王家の血が。

たまらなくなったクルツ国王は、獣のような叫び声をあげて両腕を振り回した。

衝動を抑えられない。

暴れたせいでバランスが崩れ、椅子《いす》型の魔道具が横倒しになる。

「ぐおうっ……」

投げ出されたクルツ国王は、勢いよく転倒した。

真っ先に延命用魔道具を確認する。

問題ない。管はちゃんと繋《つな》がったままだ。

しかしホッとした直後、余計惨《みじ》めな気持ちに襲われた。

自分は、人の手を借りなければ、起き上がることもできないのだ。

「なんて無様な有様だ……」

胎児《たいじ》のように丸まってぷるぷる震えていると、突然、やたら明るい音楽が爆音で鳴り響いた。

「……!?」

まるでサーカス団が客引きのために奏でるような陽気な音楽だ。

それが自分の真上で、がんがんと鳴っている。

(まさか奴が……ラウルが戻ってきたのか……?)

怯《おび》えながら恐る恐る視線を上げる。

しかしクルツ国王の目の前にいるのは、ラウルではなかった。

目の前にいるのは——白い小さな羽を背中からはやした少女だった。

魔族ではなさそうだが、確実に人間でもない。

そもそも短く切った髪や、太ももが見えるような服装など、クルツ国の女性は決してしない。

少女の周りにはトランペットやホルン、クラリネットなどの楽器を手にした赤子に似た生き物が、
ふわふわと浮かんでいる。

このけたたましい音の出所は、間違いなくその赤子たちだ。

「……」

クルツ国王は呆気《あっけ》にとられたまま、少女と赤子たちを眺めた。

「……貴様ら……どうやってここまで侵入してこられたのだ……？」

クルツ国王の質問に対して、少女はむうっと頰《ほお》を膨《ふく》らませた。

「えー、何その退屈な質問。神サマなんだから、そんなこと簡単に決まってるでしょ！　ていうか神サマに対して貴様なんて言っちゃあ『めっ！』だよ？　君はただの国王クンなんだから。目上の人のことは敬《うやま》わなくっちゃ。ねっ？」

「……ただの国王だと？」

「【床に転がったまま自力で起き上がることもできない残念な死にかけ国王クン】って呼んだ方がよかったかにゃ？」

「……貴様」

「あーはいはい。国王クンとは仲良くしてあげに来たんだから、プライドのためだけに神サマにたてつくのはやめようにゃん？」

クルツ国王の開きかけた口に、少女の小さな指先がむにゅっと押しつけられる。

自らを神だと名乗っている少女は、そのまま空《あ》いているほうの手を一振りして、クルツ国王の体を宙に浮かせた。

「ねえねえ、国王クン。君だってかつての自分に戻りたいよね？　そんなのわざわざ確認するまでもない事実だよね？　だって今の国王くんは、道ばたに落ちてる石ころと同じ状態だもんね。そのままでいたいわけないよね！　だーからぁ、この神サマちゃんが神サマパワーで、国王クンの力と若さと健康状態を、全盛期の状態に戻してあげるねー！」

少女が両手を広げると、キラキラとした輝く粉が舞い上がり、クルツ国王の上に降り積もった。

「……っ、なんだこれは……」

クルツ国王は、眩《まぶ》しさのあまり瞳を閉じた。

その直後、自分の内側から何か得体のしれない燃えるような力が湧き上がってくるのを感じた。

その熱の正体が生命力であると理解した時、クルツ国王は自分が自らの足で立っていることに気づいた。

「我が立っている……？　我が立っている……!?　あ……ああっ……アアアッ」

魔法の力をもってしても、生命維持をするのがやっとだったというのに。

「国王クン、その管ももう全部外しちゃって大丈夫だよ。国王クンの中から病は完全に取り除いたから」

クルツ国王は半信半疑で、ひとつ、またひとつと管を引き抜いていった。

自分と魔道具を繋いでいる管が減っても、息苦しさや心臓の痛みを感じることはない。

「こ、これは……」

期待の滲んだ呟《つぶや》きが、クルツ国王の口から零《こぼ》れる。

そしてついに最後の管が外された。

「……!!」

苦しみはやはり訪れない。

本当に病から解放されたのだ。

「これで私が神サマだって信じられたかにゃー?」

クルツ国王は少女の発言を受け入れることにした。

少女が奇跡を起こした事実を、身をもって知ったのだ。

それに、もしもこの状況を否定して、途端に奇跡が消滅してしまったら……。

そんな恐ろしいことは受け入れられない。

だったらこの少女の存在を信じるべきだ。

(体の自由を取り戻せるのなら、神も奇跡もいくらだって信じてやろうではないか)

「あ、そうだ。国王クン。自分の姿ちゃんと見てみなよ」

神と名乗った少女はそう言うと、魔法で巨大な鏡を出現させた。

その鏡に映る自分を見た瞬間、クルツ国王の感情はついに爆発してしまった。

「最も美しかった頃の私が映っているではないかッ……!!　真の私だ!!　ああ!!　本当の私に戻れたぞ!!　私は返り咲いたのだ!!」

両手を天に向かって掲《かか》げながら、歓喜の声を上げる。

「わはあ。今が一番の盛り上がりじゃない。立てたことや、管が外れたことより、全盛期の若さを取り戻せたことのがうれしいなんてちょっと予想外だったにゃあ。まあ若くて健康だと上がるよねえ。魔法だってなんの制限もなく使えるようになったんだし」

神と名乗った少女の言葉を聞き、クルツ国王は目を見開いた。

「かつてのように魔法が使える、だと？」

「うんうん。だからその力を使ってラウルをなんとかしちゃいなよ。国王クンが活躍して形勢を逆転してくれるって期待してるからねえ！　んじゃそゆことで」

言いたいことを伝え終わったのか、神と名乗った少女は現れたとき同様、唐突《とうとつ》に姿を消してしまった。

もちろんあの喧《やかま》しい音楽隊の赤子も一緒にいなくなった。

不意に訪れた静寂の中、クルツ国王は改めて自分の体を見下ろした。

ゆっくりと体を検分していく。

不調を感じる場所は一箇所《かしょ》もない。

次に両手の間で魔力を行き来させてみる。

病が発生する以前のように、完璧《かんぺき》に魔力をコントロールできた。

本当に失ったものをすべて取り返したのだ。

これで自分を脅《おびや》かし続けていた問題は消滅した。

「……そうだ。我が真の力を取り戻した今、ラウルなど恐れるに及ばず！　我自身の力で排除し、クルツ国に再び栄華をもたらしてやろうぞ。ふははははは！　我による無双のはじまりよ！」

まず向かうべき場所は決まっている。

高らかな笑い声を上げたクルツ国王は、もう用なしになった延命用魔道具を憂《う》さ晴《ば》らしで破壊すると、マントを翻《ひるがえ》しながら会議室を後にした。

三章　毒親

一話

The brave wish revenging, The power of darkness

魔族領ホラーバッハ国ラミア城――。

その城の地下神殿は、クルツ国との開戦直後に内側から扉が閉ざされて以来、何人《なんぴと》たりとも近づかない場所になっている。

ただし敗戦直後、勇者たちによって一度だけ強引に押し入られたことがあったが……。

城の者がなぜ地下神殿に近づかないか。

それが地下神殿を内側から閉ざして閉じこもった者の命だったからだ。

アナスタジア王太后――命を下したのは彼女だ。

アナスタジアは今は亡き魔王の実母であり、先代魔王の妃でもある。

そんな彼女は今も、地下神殿の中にいる。

ただし生者としてではなく、石像の姿で……。

地下神殿の中央には、妖艶《ようえん》な美女の石像が立っている。

目じりにあるホクロ、長い黒髪を羊の角《つの》のように左右でまとめ上げた髪型、うっすらと開いた唇の間から見える黒く塗られた歯。

石像になったアナスタジアの姿は、勇者がこの城に攻め入った日のものだ。

クルツ国との間に起こった戦争で、ホラーバッハ国側が劣勢に立たされていると判明するや否《いな》や、アナスタジアは即座に地下神殿へ向かい、扉に封印をかけると、自らを石化させてしまったのだった。

地下にいて石像の振りをしていれば、敗戦後王族としての責任を追及され、憎き人間の手で処刑されることもない。

そうして危機を脱出し、ほとぼりが冷めたら城へ戻るつもりでいたのだ。

だから魔王を倒した勇者ラウルが、地下神殿の封印を難なく解いて踏み入ってきたのは、アナスタジアにとって想定外の事態だった。

しかもラウルは、神殿の中央に鎮座している女の像が、単なる石像ではないとすぐさま見破った。

自らにかけた石化の魔法は、発動させた者にしか解除できない。

そのため強制的に魔法を解かれてしまう恐れはなかったが、石像を破壊されてしまえば一巻の終わりだ。

石化している自分をじっと見つめる勇者ラウルの視線にさらされている間中、アナスタジアは生きた心地がしなかった。

いっそ魔法を解除して、情けに縋《すが》るべきか？

人間との交渉に使えそうな材料なら、いくらでも持っている。

しかしアナスタジアが魔法を解除するより先に、勇者ラウルのほうが行動を起こしてしまった。

勇者ラウルはアナスタジアの石像を壊しはしなかった。

それよりももっとおぞましいことをやってのけたのだ。

勇者ラウルはアナスタジアのかけていた魔法の上に、石化の魔法を上書きしたのである。

アナスタジアはあまりの出来事に混乱しながら、慌てて自分にかけている石化の魔法を解除させた。

だがなんの変化も訪れない。

当然だ。

勇者ラウルのかけた石化の魔法が発動しているせいで、戻ることができないのだ。

勇者ラウルの魔力は圧倒的に強大で、アナスタジアの能力では彼の魔法を解除することなどできなかった。

焦るアナスタジアを残し、勇者ラウルは人間たちとともに立ち去った。

それからずっとアナスタジアは、石化したまま地下神殿に閉じ込められていた。

――ところが。

「……何が……起きたのだ……」

長いこと喋《しゃべ》れずにいたせいで、口から出たのは老女のように嗄《しわが》れた声だった。

アナスタジアは無表情のまま、周囲を見渡した。

地下神殿には自分以外誰の気配もしない。

「……」

ますます理解できない。

ゆっくりと自分の体を確認する。

間違いなく石化の魔法は解除されている。

しかしそれを行ったはずの人間の姿が見られないのだ。

遠隔で魔法を解く技など聞いたことがない。

「……魔法が自然と消滅したのか？」

時とともに脆《もろ》くなった魔法が自然消滅するのはよくあることだ。

しかし魔法の消滅には、普通何百年単位の年月を要する。

アナスタジアはしばらくの間考え込んでいたが、やがてふっと口元を緩《ゆる》ませた。

「妾《わらわ》にかけられていた呪いを、誰が解いたかなどどうでもよい」

重要なのはこの身が自由を取り戻したこと一点のみ。

アナスタジアは長いドレスの裾《すそ》を引きずりながら地下神殿の扉の前まで行くと、すでに勇者ラウルの手で封印が破壊されていた扉を押し開けた。

長い間、石にされていた弊害《へいがい》は、体の至る所に現れた。

アナスタジアは硬直した筋肉のせいで何度もよろけながら、地上へ続く狭くて長い階段を上っていった。

遠くのほうから慌てたような足音が聞こえてきたのは、城内へと繋《つな》がる柱廊《ちゆうろう》へ辿《たど》り着いた時だ。

三つの音が重なるその特殊な足音は、アナスタジアがとくに気に入っている臣下のものだった。

柱廊に姿を見せたその臣下は、アナスタジアを見るなり瞳を大きくさせた。

「アナスタジア様……！」

「ダミアン、さっそく妾の気配が戻ったことに気づいたか。さすがだな」

先天性の病により片足が不自由な文官長のダミアンは、片時も杖《つえ》が手放せない。

彼が鳴らす特徴的な足音はそのせいだった。

従順な臣下だったダミアンは名家の出であるだけでなく、非常に魔力値が高く、何よりも線の細い美貌《びぼう》の持ち主だ。

石化する以前のこと。美しいものを好み、楯突くものを嫌うアナスタジアが、ダミアンをペットのように可愛《かわい》がっていたのも当然の話だった。

「アナスタジア様、お目覚めになられたのですね……」

アナスタジアは無言で頷《うなず》くだけにしておいた。

ダミアンは、アナスタジアが勇者ラウルによって、石化の魔法をかけられていたことなど知らない。

となると彼は、アナスタジアが自らの意志で石化したまま戻らないでいたのだと思い込んでいるはずである。

都合のいい勘違いを正す必要はない。

勇者ラウルの魔法によって自由を奪われていたなどと知れ渡れば、沽券《こけん》に関わる。

「ダミアン。妾が不在の間に起きたことを教えておくれ。憎き人間どもに魔族が敗北し、城を攻め落とされたことは知っている」

そうでなければ、あの時勇者ラウルを筆頭とする人間たちが、我が物顔で地下神殿に踏み込んでこられたはずがない。

「なるほど。そのようなことがあったとはな」

アナスタジアに命じられたダミアンは、戦《いくさ》の結末、魔王の死、テオドール姫の身に起こったこと、クルツ国の現状について説明をした。

アナスタジアはどのタイミングでも表情を一切変えなかった。

その冷静さをダミアンは不気味に感じた。

とはいえアナスタジアは先代魔王に嫁《とつ》ぐためこの城にやってきた時から、ずっとこの調子だった。

「魔王が死に、テオドールしか生き残っていないというのなら、すぐさま状況を立て直すための準備に取り掛からねばな。テオドールは今どこに?」

「ご自身のお部屋でお休みになられているかと……」

アナスタジアは柱の間から夜空を見上げた。

夜の底は白みはじめている。

今は明け方ということだ。

「テオドールが眠っているのであれば好都合よ。このままあの子の部屋へ向かうとしよう」

◇◇◇

王太后のアナスタジアと姫であるテオドールでは、アナスタジアのほうが立場がずっと上だし、何よりテオドールはアナスタジアの娘だ。

深夜に突然部屋を訪れるといっても、問題にはならない。

普通であれば……。

「……」

アナスタジアとテオドールの関係性をよく知っているダミアンは、この申し出に対し、警戒心を抱かずにはいられなかった。

二人の間にまともな親子関係など存在しないからだ。

テオドールは先代の国王が身分の低い女性に産ませた婚外子で、アナスタジアとの血縁関係はない。

王宮に引き取られたテオドールに対し、アナスタジアは『母』として振る舞ったが、真の意味でアナスタジアがテオドールを娘だと思っていたかどうかは疑わしい。

アナスタジアがテオドールに親しみを込めて接したことなど皆無だったし、二人が言葉をかわした回数も数えるほどしかないだろう。

テオドールは、アナスタジアを明らかに遠い存在だと感じていたし、その存在に怯《おび》えている節すら見られた。

だから今、王宮に戻ったアナスタジアが、何よりも優先してテオドールに会いたがるのは不自然なのだ。

(……王太后様はいったい何をなさるおつもりなのだ)

しかし一介《いっかい》の文官長でしかないダミアンには、王太后の行動を止める権限などあるはずもなかった。

結局ダミアンは嫌な予感を抱いたまま、テオドールの自室を目指すアナスタジアの後に続いた。

テオドールの部屋に向かうまでの間、アナスタジアとダミアンは何人もの衛兵と遭遇《そうぐう》した。

衛兵はアナスタジアを見た途端、驚愕《きょうがく》の表情を浮かべたが、アナスタジアは彼らに一切の発言を許さなかった。

アナスタジアにとってそれは簡単なことだ。

アナスタジアがただ手を一振りするだけで、衛兵たちは慌てて口を噤《つぐ》む。

ダミアンはこの場面を、アナスタジアが石化する前に何度も目撃したことがあった。

何年も城を不在にしていたというのに、アナスタジアの支配力は以前となんら変わりない。

言葉でわざわざ威圧せずとも、その冷たい眼差《まなざ》しを向けられただけで、誰もがアナスタジアに従ってしまうのだ。

アナスタジアの夫——先代魔王の時代から、このラミア城の陰の支配者はアナスタジアなのではないかと、まことしやかに囁《ささや》かれていた。

先代魔王は、妻であるアナスタジアの言いなりだった。

唯一アナスタジアに支配されず、つかず離れずの距離を維持していたのが、長女である亡き魔王だ。

しかし彼女はもういない。

ダミアンの胸に宿った不安が膨らんでいく中、アナスタジアはテオドールの部屋の前に辿り着いた。

「そなたも立ち会うか？」

何かを試すような瞳で、アナスタジアがダミアンをちらりと見る。

同意するのが正しい選択なのだろうか。

もし廊下《ろうか》に残れば、この後アナスタジアが何をしても当事者にならずに済む。

一瞬そんなずるい考えが過《よぎ》ったが、その直後にテオドールはキリル騎士団長の顔を思い出した。

キリルだったら、そんな真似《まね》は絶対にしない。

キリルがどれほどテオドールを大切に思っているか。

キリルの幼馴染《おさななじみ》であるダミアンは、痛いぐらいよく知っている。

自分はこの場にいないキリルの代わりに、テオドールを見守るべきだ。

（キリルのためにも……）

「お供いたします」

ダミアンがそう伝えると、アナスタジアは満足そうに頷いた。

どうやらこの答えが正しかったようだ。

アナスタジアはダミアンに扉を開けさせてから、テオドールの自室に入った。

そのまままっすぐ寝室のほうへ向かう。

寝室の中、薄い天蓋《てんがい》の向こうでは、テオドールが静かな寝息を立てている。

この城に帰還した当初のテオドールは廃人状態で、飲み食いもままならず、一時は命が危ぶまれたこともあったほどで、キリルとダミアンをひどく心配させた。

しかしそれでもテオドールは、勇者ラウルから届いた手紙によって、なんとか生きる活力を取り戻してくれた。

近頃のテオドールは、体力を回復するための努力をひたすら続けている。

「……これでは痩《や》せすぎだな。もっと太らせなくてはならぬ」

寝台の上で眠るテオドールを見下ろしながらアナスタジアが呟《つぶや》く。

アナスタジアの横顔からは、義理の娘に対する愛情など微塵《みじん》も感じられなかった。

（……まるで品評会で家畜を値踏みしているかのようだ）

そんな考えが浮かび、ダミアンはぞくりとした。

ダミアンの受けた印象が的外《まとはず》れでないことは、それからすぐに証明された。

アナスタジアはまず最初に、テオドールの上に手を翳《かざ》し、テオドールの眠りが深まるよう魔法をかけた。

アナスタジアの魔法は強力だ。

テオドールはこれでもう、魔法が解かれるまで、何をされても目を覚ますことはないだろう。

たとえ体中を切り裂かれ、命を奪われようとも。

眠り魔法を施《ほどこ》したアナスタジアは、テオドールの足側に回り込んだ。

そこからテオドールの両足を摑《つか》み、自分のほうへするすると引き寄せる。

シーツの際ぎりぎりのところにテオドールの足が届くと、アナスタジアはテオドールの両膝を折り曲げた。

それからおもむろにテオドールのネグリジェをまくり上げた。

「……!?　アナスタジア様、何をなさるおつもりなのですか……?」

さすがに黙ってはいられなくなったダミアンが問いかける。

「この子の体を調べるのだ」

アナスタジアはダミアンを振り返ることなく、淡々とした口調で返事をしてきた。

「調べるとは……」

「人間どもの手で未熟なうちに散々慰み者にされたのであろう？　そのせいで使い物にならなくなっているやもしれぬからな。それを確かめるのだ」

「……」

母として娘の身を案じているのだと信じたかった。

だとしてもアナスタジアのこの行動は、常軌を逸しているが……。

「そなたらがこの子の子宮の状態について調べておいてくれれば、こんな手間をかけずに済んだものを」

「……申し訳ございません」

魔王を輩出してきた一族の生き残りであるテオドールは、魔王の座を引き継ぐ可能性が高い。

政治的な問題が絡むため、テオドールが子供を生《な》せる体であるかどうかは、たしかに重要な事柄だ。

しかし悲惨《ひさん》な目に遭《あ》ってボロボロになったテオドールに、医師の診察を受けさせることなどできなかった。

いずれ必要だとしても、テオドールの心が回復するまでは待つべきだ。

キリルもダミアンもそう判断したのだった。

しかしテオドールの母であるアナスタジアは、二人と違って容赦《ようしゃ》なかった。

アナスタジアはテオドールの下着に手をかけると、躊躇《ちゅうちょ》することなく細い足から抜き取った。

ダミアンは慌てて顔を背けた。

「ダミアン、テオドールの足を押さえていなさい」

「……っ」

「どうした、ダミアン？　妾が不在の間に、そなた反抗期でも迎えたのか？」

アナスタジアが冷ややかな声で問いかけてくる。

ダミアンはアナスタジアのこういう声がとにかく苦手だ。

まだ文官見習いをしていた幼少期、アナスタジアから何度となく与えられた【しつけ】のことを思い出してしまうからだ。

「アナスタジア様……。……恐れながら私などがテオドール殿下のお体に触れるのは、不敬《ふけい》かと——……」

「構わぬ。母である妾が許可したのだ。娘は母のもの。だからなんら問題ない。それでもまだ無意味に躊躇《ためら》うようなら、妾がそなたの体を操ってもよいのだぞ？」

「……いえ、お手伝いさせていただきます……」

これ以上逆らえばアナスタジアを怒らせるだけだ。

ダミアンは心を殺して、テオドールの両足に手をかけた。

アナスタジアは、そんなダミアンの行動を鼻先で笑った。

それからアナスタジアは自らの手に魔力を漲《みなぎ》らせ、その手をテオドールの足の間に当てがった。

粘膜《ねんまく》がこすれる音が静かな寝室内に響く。

眠らされているテオドールの口から、苦しみとは少し違った類《たぐい》の声が微《かす》かに漏《も》れた。

ダミアンは居《い》た堪《たま》れなくなって、唇を噛《か》みしめた。

「おお、ははは。喜べ、ダミアン。この子の腹は問題なく子を身籠《みご》もれるぞ。であればすぐにでも母体を強化せねばならぬ」

「……」

子を身籠もれるという事実が、テオドールにとって喜ばしいことなのかどうか。

ダミアンにはわからなかった。

二話

The brave wish revenging, The power of darkness

アナスタジアが石化から解放され、ラミア城に戻って数日。

王太后の急な帰還で慌ただしくなっていた城に、さらなる混乱の種が舞い込んできた。

「おーすごいなあ。あの戦争でそこら中倒壊してたのに、よくここまで持ち直せたね。城に来る前に都のほうもざっと見学してきたけど、あっちもいい感じで活気があったもんなあ。国を復興させるために、一致団結して頑張ってきたんだろうなあ！」

ラミア城の正門を通った先には、城まで続く広大な庭がある。

その途中に立って城を見上げている俺と、警戒心を剥《む》き出《だ》しに俺を取り囲む魔族の衛兵たち。

「こらこら、今回の俺は侵攻してきた敵じゃなくて、お姫様を訪ねてきたお客さんだって言ったろ？　戦時中ってわけでもないし、丸腰で謁見《えっけん》を希望する相手を、いきなり武力でもってつまみ出そうとするのは、あんまりじゃない？」

俺の言葉を受け、衛兵たちは顔を見合わせた。

「……上に報告して、判断を仰《あお》ぐべきではないか？」

「しかし奴をこのまま野放しにしておくのか……？」

「そうは言っても、今日、この城では戦後初となる夜会が開催されるんだぞ。こんな特別な日に、万が一があったら事だ……！」

ひそひそと相談をする衛兵たちのやりとりの中に、俺の興味をそそる単語があった。

「ああ、そうそう！　今日、夜会があるんだよね？　表向きは王太后の帰還を祝うために開催するって話だけど、本当にその理由だけなのかなあ？　俺ちょーっとキナくさい噂《うわさ》を耳に挟んだんだよね。ねえ、なんか情報持ってない？」

衛兵たちはわけがわからないという態度だ。

「うーん、役に立ちそうにないな。まあ、いいや。それじゃあとりあえず、俺が来てることを、テオドールに伝えてくんない？」

「もう知っている」

◇◇◇

聞き覚えのある声に反応して、ラウルは頭上を振り仰《あお》いだ。

二つの羽で上空に漂う少女が、長い銀髪を揺らしながらラウルを見下ろしている。

人形のように整った顔立ちと、気の強そうな眼差《まなざ》しは、以前となんら変わりない。

しかし体のほうは明らかに極端な変貌《へんぼう》を遂《と》げていた。

「よう、テオドール。久しぶり」

にっこりと笑いかけたラウルのことを、テオドールが睨《にら》みつける。

「……貴様、一体なんのつもりだ」

「俺の出した手紙に対する返事がないから、直接会いに来ちゃったよ。……って、あれ？」

ラウルはテオドールの姿をまじまじと眺めてから、小首を傾《かし》げた。

「体、魔法で弄《いじ》ってもらったの？」

「……っ!!　そ、そんなことするかっ、馬鹿者っ!!」

真っ赤になったテオドールが、両手で自分の体、とくに胸元を隠す。

ラウルが地獄に行く前、行動を共にしていた頃のテオドールはかなり痩せていて、少年のような体形をしていた。

ところが今は当時と比べものにならないほど胸が膨《ふく》らみ、体の線も女性らしく丸みを帯びている。

「絶壁どこ行っちゃった？」

「殺すぞ……」

テオドールが涙目で威嚇《いかく》するが、もちろんまったく効果はない。

「言っておくが、本当に魔法でどうこうしたわけではないからな!! 太るための努力をしていたし、これはその結果が出ただけだ！」

「ふーん？」

テオドールの表情を見れば、彼女が嘘をついていないことはわかる。

しかし彼女の体には、まだ薄く魔力の気配が残っている。

（ということは……）

テオドールの知らない間に、誰かが彼女の体を女らしく変化させたのだ。

「そうでもしなきゃ絶壁が、こうも変化するわけないもんなあ。でもなんでそんなことしたのかなー？ テオドールが絶壁の変化を望んだから？ それとも……」

「おい、貴様！ 絶壁絶壁連呼するなっ!!」

「……あ、あの姫様……」

なりふり構わずラウルに反論していたテオドールは、衛兵たちに声をかけられ、ハッと目を見開いた。

「くそっ。部下の前で醜態《しゅうたい》を晒《さら》してしまったではないか……!!」

キッとラウルを睨んでから、改めて衛兵たちに向き直る。

「……衛兵たち、ご苦労であった。こいつのことは私がなんとかする。そなたたちは通常の配置に戻るがいい」

「しかし姫様……！　こやつは魔王様の仇《かたき》である勇者！　どうかこやつを排除するようご命令をッ!!」

「やめておけ。そなたらで敵《かな》う相手ではない」

「おっ。テオドールが俺を認めてくれるなんて珍しいね。可愛《かわい》いとこあるじゃん」

余計な茶々を入れてきたラウルのことを、再びテオドールが睨みつける。

「貴様は黙っていろ……！」

「すぐムキになるところも可愛い可愛い」

困惑の表情を浮かべた衛兵たちが、先ほどまでとは違った方向でざわつきはじめる。

ラウルがテオドールのことを繰り返し可愛いなどと言ったせいだ。

「どういうことだ……。まさか勇者は我らの姫に懸想《けそう》しているのか……!?」

「なんて身の程知らずな人間だ!!　やはりここは命を懸《か》けてでも、我らが姫様をお守りするべきでは!!」

テオドールはため息をついてから、もう一度衛兵たちを止めた。

「馬鹿なことを考えるな。手を出すなと命じたであろう」

「しかし姫様――」

「ええい、しかしかししかしとしつこい！　もういい！　おい、勇者！　こちらへ来い!!」

テオドールはラウルの服を両手で摑《つか》むと、そのまま上空へ舞い上がった。

一旦衛兵たちを撒《ま》かなければ、とんでもない騒ぎに発展しそうだったからだ。

「ひ、姫様ーッ!?」

地上からこちらを見上げて叫んでいる衛兵たちに向かい、ラウルがひらひらと手を振る。

「おい、勇者！　余計なことをして衛兵たちを煽《あお》るな!!」

衛兵たちは、持ち場を離れてでも追うべきか相談しているようだ。

（この隙《すき》に姿を消さねば……！）

テオドールはラウルを雑に摑んだまま、雲の上を目指して上っていった。

◇◇◇

ラウルの存在が目撃されると、また同じような騒ぎになってしまう。

そう考えたテオドールは、仕方なくラウルを自室に連れ込み、扉に鍵《かぎ》をかけた。

「うわぁ、テオドールってば大胆《だいたん》！」

「貴様は茶化すことしかできないのか……」

イライラしながら凄《すご》んでみせても、ラウルはケラケラと笑うばかりだ。

「テオドールもいけないんだぜ。必ずいい反応を返してくれるから、いじりたくなるんだし」

「くそ！　私は貴様の玩具《おもちゃ》ではない！」

「えー。そんな寂しいこと言うなよ」

「くだらない茶番にはうんざりだ。さっさと本題に入れ。目的はなんだ、勇者ラウル。貴様を殺したことへの報復をするつもりか？」

「え？　まさか！　テオドールが俺の希望通り動いてくれたおかげで、俺は地獄へ行けたんだから。報復なんかするわけないって。むしろテオドールには感謝してるくらいだよ」

「……」

無防備な態度でソファーによりかかったラウルとは対照的に、テオドールは殺気立った気配を解こうとしなかった。

それも当然だ。

ラウルは信用ならない。

それに腹も立っている。

ただし怒りの矛先《ほこさき》は、ラウルにではなく自分自身に向いていた。

「……貴様の望み通りか。やはり私はあの時も、貴様の掌《てのひら》の上で踊らされていたんだな。ふん。考えてみればわかりそうなものだ。私のように落ちこぼれの魔族が、あの姉上ですら敵《かな》わなかった貴様の命を奪えるはずなどない。それなのに貴様のふざけた芝居に騙《だま》されて、正気を失っていたなど……情けなくて死にたくなる……!!」

「ん？　俺を殺したせいで、病んじゃってたの？」

ラウルから尋ねられたテオドールは、自分が失言したことに気づき、慌てて口を塞《ふさ》いだ。

しかしもう遅い。

面白がっていることを隠す気などさらさらないラウルが、にやつきながら近づいてくる。

「なになに、その話。詳しく聞かせてよ」

「こ、断る!!」

「その結果どうなったの？　もしかしてそのせいで手紙の返事を書けなかったとか？」

ラウルからテオドールに送られた手紙。

そこにはラウルが地獄から現世に戻ったという報告以外に、『近々会って話したいことがあるんだけど、いつどこで会える？　できるだけ早めで。俺への復讐を成し遂げた今、どうせやることもなくて暇だろ？　こっちの都合に合わせてよ』などという、ふざけたメッセージが書かれていたのだった。

「馬鹿を言うな。あのくだらん手紙はしっかり読んだ上で、無視したに決まっているだろう！　だいたい自分の都合に合わせてできるだけ早く会えなど、勝手なことを！　こちらは直前まで寝たきりだったのだぞ！　そんな弱り切った体で、貴様のような人間に会えるわけがない!!」

「そっか。さっき太るための努力をしていたって言ってたけど、廃人同様の状態になって、ガリガリに痩《や》せちゃったから、俺に会える体に戻そうと頑張ってくれてたわけかあ」

「お、おい、こら！　いいように捉えるな！」

「なんで？　間違ってないだろ？」

「確かに貴様に会うために太る必要があると思って努力したが、貴様のために頑張ったなどと言われると何か違う！　悪寒《おかん》が走るわ!!」

「えー？」

「本来ならば貴様の顔など、二度と見たくはなかったのだからな!!」

「ははっ。なのによく俺の呼び出しに応じようとしたじゃん」

「それは……」

子犬のようにキャンキャン吠えていたテオドールは、急に勢いを失った。

気まずさから視線を逸《そ》らし、もじもじと指先を弄《いじ》る。

「突然しおらしくなってどうした？　愛の告白でもする？」

「ばっ……！　馬鹿か‼　もういい！　余計なことを口にするところだった！　というか貴様の用件はなんなのだ⁉　何度も聞かせるな！」

「もーせっかちなんだから。久々の再会なんだし、こういう雑談も大事だぜ？」

「殺すぞ」

「できないくせに」

「……」

「こらこら、半べそで歯ぎしりすんなって」

「絶対いつかもう一度殺してやる……‼」

「はいはい、がんばって。てか本題入っていい？　テオドールが脱線させるから、ちっとも話が進まないじゃん」

テオドールは思わず地団駄《じだんだ》を踏んだが、ラウルは気にしていない。

結局いつだってこうやってテオドールはラウルのペースに振り回され、ラウルの望む展開に付き合わされてしまうのだ。

実に不本意だ。

テオドールのそんな思いに気づいているのか、いないのか。

ラウルは先ほどまでと変わらず、真意がどこにあるのかわからないおちゃらけた態度のまま、驚くべき提案をしてきた。

「あんたの姉である魔王の命を奪ったのは俺だけど、俺にその命を下したのも、魔族殲滅《せんめつ》計画を企《くわだ》てて、このホラーバッハ国に戦争を仕掛けたのも、現在のクルツ国王だ。そのすべての元凶であるクルツ国王に対する復讐の準備が整ったんだ。あんたも参加する気ある？」

そんな誘いをかけられるなど、まったく予想していなかった。

テオドールはすぐに言葉が出てこず、瞬きを繰り返した。

「……参加するって……」

「先に言っておくけど、別にどうしてもってわけじゃない。今回はアリンガムの時とは状況が違うから。ほら、あの時の俺は、アリンガムに復讐する直接的な理由を持っていなかっただろう？」

「そうだな」

ラウルは復讐を行う上で、あるルールを自らに課している。

ルールは単純だ。

やられたことを、そのままやり返す。

ラウル自身が定めたそのルールは、大魔導士ヴェンデルへの復讐の際に敢《あ》えて破られた以外では、常に守られ続けているようだった。

ラウルは、大魔導士ヴェンデルへの復讐において妨げとなるアリンガムを亡き者にするため、テオドールやテオドールの同胞たちの復讐心を利用した。

無力なせいで復讐を成し遂《と》げられずにいたテオドールに、ラウルは手を差し伸べてきたのだ。

そして二人はつかの間、偽りの相棒となった。

テオドールはラウルが姉の仇《かたき》であり、ラウルもまた自分にとっては、復讐すべき対象だと知っていた。にもかかわらず、ラウルの手を取った。

姉と同じぐらい大事な存在だった友エイダのため、ラウルを利用してやろうとテオドールは決意したのだ。

しかしその協定は、アリンガムとヴェンデルへの復讐が果たされた直後に破棄された。

テオドールがラウルに対して牙を剝《む》き、襲いかかったことがきっかけだった。

「なあ、テオドール。俺はもう一度共闘しようって誘ってるわけじゃない。だからそんな身構えなくても大丈夫だよ」

「それを信じると？」

「信じるか信じないかはテオドールの自由だ。クルツ国王に対する復讐に興味がないなら、それはそれで構わない。正直あんたは食いつかないだろうって思ってたから。だってもうあんたは復讐の果てに何が残るかを、その目でしっかり見てきたんだもんな？　そのせいで心が壊れちゃったんだろう？」

「……」

テオドールは何も言わずに、すっと視線を逸らした。

その横顔が羞恥《しゅうち》のあまり歪んでいる。

テオドールは、復讐の反動による虚無に耐えられなかったことも、復讐を果たした先にあるものに対して、なんの心構えも持っていなかった浅はかな自分のことも、たまらなく恥ずかしく感じていた。

そういう思いがあるからこそ、ラウルの誘いに対して、どう答えを出すべきかわからなかった。

ラウルの言うとおり、クルツ国王はすべての元凶だ。

テオドールにもたらされた悲しみのほとんどは、クルツ国王さえいなければ生み出されることもなかっただろう。

クルツ国王の命のもと、攻め込んできた人間たちによって苦しめられた同胞たちのためにも、自分は再びこの男と手を組むべきではないのか？

たとえそれがなんらかの罠《わな》だったとしても……。

「貴様がなんの企《たくら》みもなく、行動を起こすとは思えん。何が目的で私を誘っている？」

テオドールが尋ねると、ラウルはニイッと口角を上げた。

「いやー別にたいした目的なんてないよ？　まあ強《し》いて言えば、魔族の姫であるテオドールが、現王朝を倒す時に協力者として参加してくれると、新王朝と魔族の関係を良好なものにしやすくなるから、その点は都合がいいかなー。今って頻繁《ひんぱん》にクルツ国の国境を魔族軍が襲っているだろ？　こういう険悪な状況のままだと、新王朝が魔族軍に戦《いくさ》を仕掛けられかねないじゃん。俺としてはそういう展開は、あんまり歓迎できないんだよね。できればホラーバッハには、俺が立ち上げる新王朝と友好な同盟関係を結んでほしいから」

テオドールはあんぐりと口を開けたままラウルを見つめた。

ラウルの言っていることがまともに思える。

「……そんな馬鹿な……。こいつはいかれているうえ、根性のねじ曲がった復讐者だぞ……」

「ぶはっ。ひどい言い草だな！」

「おい、勇者！　貴様何を企んでいる⁉　復讐にしか興味のない貴様が、新王朝の行く末を案じるなどありえんからな‼」

「新王朝のことも、俺の復讐計画の一環なんだよね」

「……どういうことだ？」

「詳しい内容はひ・み・つ。だってもしテオドールがクルツ国王に捕まって、俺の計画を吐かせられちゃったら、俺のお楽しみが半減しちゃうからね」

しつこく追及したところで、ラウルはこれ以上の情報を明かすつもりはなさそうだ。

今後のホラーバッハ国と新王朝の関係に影響を及ぼすのなら、この判断は慎重に下さなければならない。

（せめてキリルとダミアンに相談できたなら……）

しかし二人は夜会の準備のため忙しくしている。

今日は特別な日だ。

文官長として母に重宝《ちょうほう》されているダミアンはとくに、母の傍を離れられるわけがない。

テオドールは散々躊躇《ちゅうちょ》した後、意を決して頭を下げた。

「クルツ国王の討伐《とうばつ》に参加するか否《いな》か。答えを出すまで、一日の猶予《ゆうよ》がほしい……」

下げた頭の上に、突き刺さるような視線を感じる。

「……」

「……」

（……くそ。勇者のやつ、なぜ黙っている……!!）

頭を下げたまま、そろそろと視線だけを上げると、にたぁと笑うラウルと目があった。

「敵《かな》いもしない俺相手に、後先考えず突っ込んできた時と比べて、だいぶ成長したね。アリンガムの宝物庫の鍵《かぎ》を受け取る時に見せた、屈辱《くつじょく》的な表情も悪くなかったけど。俺への復讐を一旦成し遂げたことで、感情がリセットされて、自分の立ち位置に基づいた行動を取れるようになったのかな？　でも、なーんかちょっと寂しいなぁ。俺だけこっち側に取り残されたみたいで。やっぱり強引にでもクルツ国王への復讐に参加させて、俺側に引きずり戻しちゃおうか？」

ニヤニヤと笑いながら、ラウルがテオドールの頬《ほお》に手を伸ばしてくる。

テオドールは慌てて、その手を撥《は》ねのけた。

「意味のない悪ふざけをするな……!!」

「はは。そういうとこは相変わらずお子ちゃまなままじゃん」

振り払われたことなど気にせず、ラウルは楽しそうに体を離した。

テオドールはむっつりとしたまま顔を背けたが、少しするとぽつりと口を開いた。

「……今、魔族軍は各地でクルツ国軍相手に、戦闘をしかけ続けている。私はこの状況を必ずしも良くは思っていない。報復や復讐の果てにあるものを、貴様のおかげで知ることができたからだ」

そこまで言うと、テオドールはキッと顔を上げた。

「復讐が目的でないのなら、クルツ国王の討伐、考えてみてやってもいい。……国を導くためには、怒りに囚われない冷静な判断が大切だ。かつての私にはそれが欠けていた。……認めよう。お前に復讐したのは、過ちだった。……だから……そのぅ…………………なかった……」

「ん？　なんだって？」

「だからっ…………かった……」

「いや、聞こえない聞こえない」

「すまなかったと言ってるッ!!」

「あっは！　なにどうしたの急に素直になっちゃって」

「うるさいうるさいうるさいっ！」

「ははあ、なるほど。俺に会いたかったのって、こうやって謝りたかったからか。でもまさかテオドールが俺に頭を下げるなんてね。あんたの性格じゃよっぽどハードル高かったんじゃない？　まあ、でもその頑張りに免じてあげないとね。さっきの申し出だけど、いいよ。一日待ってやる。こまでじっくりと煮詰めてきたんだ。最後の最後で焦ることはないからな。あー、でもその間の暇つぶしに、今夜、魔王城で開かれる夜会あるだろ？　あれに俺も参加させてよ」

「んな!?　何を言っている……!?　魔族しか参加しない夜会なのだぞ!?　時間を潰したいのなら、人間の領土に戻っていればいいだろう！」

「なんで、めんどいじゃん」

「貴様だったら、魔法を使って楽に移動できるくせに！　とにかく人間の貴様を、それもよりによって魔王を殺した勇者を！　魔族の夜会に参加させるなどありえん!!」

「それはさすがにわかってるよ。だからちゃんと化けるって」

「……化けるって……まさか魔族にか……？」

テオドールの問いかけに対し、ラウルは瞳を細めて答えに代えた。

三話

The brave
wish revenging,
The power of
darkness

その夜。

終戦後初めて開かれる夜会ということもあり、ラミア城を訪れる貴族の馬車は後を絶たなかった。

夜会のために解放された大広間の中は、着飾った人々で溢《あふ》れんばかりだ。

テオドールは母である王太后の隣に立たされ、次々と挨拶《あいさつ》に現れる貴族たちの相手をさせられている。

誰が誰だか全然把握《はあく》できないし、馴《な》れない格好のせいで疲れてきた。

王太后が用意した深紅のドレスは、胸元が大胆《だいたん》に開いていて、最近突然女性らしくなったテオドールの体形を際立《きわだ》たせている。

挨拶に訪れる貴族たちは、まずテオドールの顔を見てから、皆さりげなく視線を下に向けた。

その鬱陶《うっとう》しい流れを、テオドールはうんざりした気持ちでやり過ごしてきた。

目の前にできた長い列。

それがすべて若い男性貴族でできていることも気に入らない。

しかも男たちは馬鹿のひとつ覚えのように、ダンスの約束を取りつけようとしてくるのだ。

全員の相手をしていたら、朝が来ても踊り続ける羽目になるだろう。

しかしこのままダンスを拒《こば》んでいる限り、面倒な挨拶に立ち会い続けなければならない。

母と自分の前にできている貴族の行列に視線を向けると、前から三番目にいる男が目に留まった。

他の者たちとは雰囲気《ふんいき》が違う。

少し居心地が悪そうで、義務だから仕方なく並んでいるというような気配が滲《にじ》んでいる。

少ししてその男の順番がやってきた。

男はデニス・ラインマー男爵だと名乗った。

ありふれた茶色い髪と、ありふれた青色の瞳。

平凡な顔、平凡な身長、平凡な服装。

街中で見かけたのなら、ありふれ過ぎていてまったく印象に残らなかっただろう。

しかしこの会場にいる男たちは、皆自信に満ち溢れた立ち振る舞いをしている。

そのせいで普通にしているラインマー男爵が、とてつもなく浮いて見えた。

田舎《いなか》の男爵など取るに足りないと思ったのか、王太后は碌《ろく》に興味を示さなかった。

王太后が唯一反応を示したのは、ラインマー男爵から社交辞令で伝えられたダンスの申し出を、テオドールが受けた時だけだ。

その時も微《かす》かに片眉《かたまゆ》を動かしただけだったが……。

むしろ王太后に比べて、ダンスに誘ってきた当のラインマー男爵のほうが驚いていたくらいだ。

きっとテオドールはダンスを断るはずだと、高《たか》を括《くく》っていたのだろう。

呆然《ぼうぜん》とした顔でラインマー男爵が見つめてくる。

「エスコートをしてくださらないのですか？」

まっすぐに見つめ返したテオドールが問いかけると、ラインマー男爵は息を呑《の》んだ。

「い、いえ……」

躊躇《ためら》いがちに差し出されたラインマー男爵の手。

テオドールはその手の上に、自分の指先を重ねた。

その際、横目で王太后の反応を窺《うかが》うことも忘れなかった。

残念ながら、王太后は相変わらずなんの表情も浮かべておらず、内心でどんなことを考えているのか、簡単には悟らせなかった。

ラインマー男爵に手を引かれたテオドールがホールの中央に出ていくと、一気に視線が集まった。

先ほど挨拶の行列に並び、ダンスの誘いをしてきた男たちは、ソワソワしながらテオドールたちの動きを目で追っている。

「私たち、とても注目されていますよ」

手を重ね合わせ、曲の始まりを待ちながらラインマー男爵に囁《ささや》きかけると、ラインマー男爵の体がびくっと揺れた。

あまりにも初心《うぶ》な反応だったので、噴き出しそうになる。

「なぜこれほどまでに注目されているのか、おわかり？」

「いえ……」

ラインマー男爵の目は完全に泳いでいる。

テオドールが面白がって彼の瞳を覗《のぞ》き込むと、ラインマー男爵はかすかに頬《ほお》を赤らめながら睨《にら》みつけてきた。

「……その口調……」

「私の口調が何か？」

テオドールが問いかけた直後、広いホール内に音楽が鳴り響いた。

はっとなったラインマー男爵が、慌てて一歩踏み出す。

テオドールはラインマー男爵のリードに難なくついていった。

会話もまともにできない、まごついてばかりいる田舎者のようだったのに、ラインマー男爵のダンスはとても優雅だ。

くるくるとドレスの裾《すそ》を揺らしながら、テオドールはさりげなく周囲に視線を向けた。

ダンスの直前までラインマー男爵を睨んでいた男たちが、呆気《あっけ》に取られた顔で、ぽかんと口を開けているのが見えた。

その表情が間抜けすぎて、テオドールはくすくす笑った。

「何がおかしいのです？」

ラインマー男爵が尋ねてくる。

「私とあなたがこんなふうに手を取り合って踊っていることが」

テオドールは答えた。

「……。……姫様には、ダンスの相手など他にいくらでもいたでしょう。それなのになぜ私を選ばれたのです？」

「他の者と踊っていたら、どうなっていたかわかります？」

「……？　……いえ」

「では、この夜会はなんのために開かれたと思います？」

「それは……王太后様がご帰還なさったことと、我が国が敗戦から見事立ち直ったことを、祝賀するためでは……？」

「本気でそう信じているのなら、おめでたいにもほどがありますね」

「……！」

「まぁ、あなたをひと目見た時から、状況をちゃんと理解していないことはわかっていましたが……。実際に、このような夜会に参加しても気づかないなんて」

赤面したラインマー男爵が、戸惑いながらテオドールを見つめてくる。

侮辱《ぶじょく》されたことだけはわかるが、テオドールの言葉の意味までは理解できないらしい。

そんなラインマー男爵に向かい、テオドールは甘ったるく微笑《ほほえ》みかえた。

「ふふっ。ここは品定めの場。だから、誰とでも踊っていいわけじゃないんです。ダンスの申し出を受ければ、口説《くど》かれるのを待っていると思われる。微笑みかければ、好意があると判断される。うっかり躓《つまず》いて凭《もた》れ掛かれば、もうそれはこの後、足を開きますよの合図だと信じ込まれる」

「なっ……！　なんてことを……!!」

真っ赤になったラインマー男爵は、それ以上言葉を発せられずにいる。

ちょうどそのタイミングで演奏が終わった。

その直後、耳鳴りのような音が鳴り、ずうんと一段階空気が重くなるような気配がした。

夜会の参加者の何人がその変調に気づいたのかわからないが、一瞬後には誰もが今起こったことを忘れていた。

テオドールは口元にうっすらとした笑いを浮かべながら、ラインマー男爵を仰《あお》いだ。

ラインマー男爵の様子を見れば、二曲目も続けて踊るなんて難しそうだ。

ひとまずダンスの輪を抜け出て、ラインマー男爵と共に壁際に向かう。

「ラインマー男爵、どうやら純朴《じゅんぼく》なあなたには、今の話は刺激が強すぎたようですね。何か飲み物でも取ってきましょうか？」

ラインマー男爵が首を横に振る。

先ほどまで真っ赤だったラインマー男爵の顔は、いつの間にか青ざめている。

「……もしかして、あなたは……」

ラインマー男爵が何かを尋ねかけたが、それをかき消すように無遠慮《ぶえんりょ》な第三者が話に割り込んできた。

「テオドール姫、実に素晴らしいダンスでしたね」

振り返ると、好色そうな顔をした垂れ目の男が、わざとらしい仕草で頭を下げていた。

彼はたしか、例の挨拶集団の中にいた一人、何某《なにがし》公爵だ。

「やはり是非《ぜひ》私とも踊っていただきたい。たった一度誘いを断られたくらいで引き下がるには、今晩のあなたは魅力的すぎる」

自信満々な態度で、公爵が手を差し出してくる。

小指の先まで気取っていてうんざりさせられた。

公爵は、相当なナルシストなのだろう。

容姿も、仕草も、ラインマー男爵とは正反対の人物だった。

公爵の手をじっと見下ろしたまま、テオドールはそっけない口調で問いかけた。

「どちら様でした？」

「ははは。私はロディック公エマヌエル・バックハウスです。確かにあのような行列の中では、名前を覚えていただくのも至難《しなん》の業《わざ》だ。でも思い出を作れば、名もない無数の男たちから脱却できるのではないでしょうか？」

ロディック公爵はテオドールの不躾《ぶしつけ》な態度にも怯《ひる》まなかった。

差し出された手も、当然そのままだ。

図々《ずうずう》しい男だ。

テオドールはそっと目を細めると、ロディック公爵の手を取った。

「思い出作り、悪くありませんね」

「……!?　お、お待ちください、殿下……!!」

隣で話を聞いていたラインマー男爵が、焦りながら止めようとしてくる。

先ほどテオドールが『ダンスの申し出を受ければ、口説かれるのを待っていると思われる』などと言ったからだろう。

ロディック公爵は微《かす》かにムッとしながら、ラインマー男爵とテオドールの間に立ち塞《ふさ》がった。

「君も紳士であるのなら、無粋《ぶすい》な真似《まね》は止めたまえ。まさか、たった一度ダンスのお相手に選んでいただけただけで、自分がテオドール殿下にとって、特別な存在になれたなどと思い込んだわけでもあるまい」

「そ、そういうことでは……」

口ごもったラインマー男爵に向かって、テオドールはにっこりと微笑みかけた。

「ラインマー男爵、私は大丈夫です」

「……」

テオドールにそう言われてしまえば、ラインマー男爵も身を引くしかない。

ロディック公爵は薄笑いを浮かべると、ラインマー男爵に見せつけるかのように、テオドールの細い腰をぐっと引き寄せた。

「さあ殿下、こちらへ」

そう言って、ダンスホールの中へ向かおうとする。

「ロディック公爵、私疲れてしまったので、ダンスはやめておきます。それよりも静かな場所でゆっくりお話がしたいわ」

隣にいるロディック公爵と背後のラインマー男爵。

二人が同時に息を呑《の》む。

もっともロディック公爵が驚きを見せたのは一瞬だけで、彼はすぐにわざとらしく媚《こ》びへつらった。

「殿下、すべて御心のままに。それでは二人きりで静かに過ごせる場所にお連れいたします」

ロディック公爵の言葉に頷《うなず》いて歩き出す。

背後のラインマー男爵がどんな顔をしているかは、わざわざ振り返らずとも想像ができた。

◇◇◇

ロディック公爵の場合、どこへ連れていくつもりなのか。

それに興味がある。

テオドールの思惑などもちろん何も知らないロディック公爵は、テオドールを連れてバルコニーへ向かった。

バルコニーからは城の庭園に出られる。

ロディック公爵の目的地は庭園の中、植物で作られた迷路の先にある広場だった。

あずまやと小さな噴水のあるその空間は、背の高い植木によって四辺を囲まれていて、秘密の隠れ場所となっている。

「ここなら誰にも邪魔されず、二人きりで過ごせます」

ロディック公爵が足を止めて、テオドールのほうを振り向く。

テオドールは意味深に片眉《かたまゆ》を動かしてみせた。

「あら、そうですの？　ラミア城のことをよくご存じなのですね」

「殿下はまだ幼くいらしたから覚えていらっしゃらないかもしれませんが、戦前はこのラミア城でよく夜会が開かれていましたので」

なるほど。

その時にも、こうやって女を庭園に連れ込んでいたわけか。

そう言いそうになったが、なんとか言葉を呑《の》み込む。

まだ早すぎる。

「それにしてもまさか殿下から、二人になりたいと仰《おつしや》っていただけるとは。私に好意を寄せてくださっていたのですね？」

そう言うと、ロディック公爵は勝手にテオドールの手を握ってきた。

そもそもロディック公爵は、あずまやのベンチに座った時から距離が近い。

「勘違いなさらないでいただきたいのですが、私は公爵に好意を寄せたわけではありません。二人で話したいと言ったのは、他の人の目、特に王太后である母の監視から離れた場所で、あなたに確認しておきたいことがあっただけです。言葉以上の意味を、勝手に解釈しないでください」

テオドールはロディック公爵の思い込みをきっぱり否定した。

しかしロディック公爵は年長者ぶった鷹揚《おうよう》な態度で頷くばかりで、響いている感じがまったくしない。

「殿下、わかっています。女性側から好意を示すことは、はしたない行いだとされていますから。形だけでも拒絶しておかないといけないことは、十分理解していますよ」

「いえ、形だけではありません」

「ハハハ、わかっています。わかっています」

いや、わかっていないだろ。

こんな男と堂々巡りのやりとりをしているほど暇ではないので、もう本題に入ることにした。

「ロディック公爵。教えてほしいのですが、今回の夜会に参加するにあたって、母から事前に伝えられたことなどありましたか?」

「といいますと?」

「……例えば、夜会が開催された理由について。表では『王太后の帰還と、国が復興を遂《と》げたことを祝賀する』などと言われていますが、もう一つ別の目的があったのではないかと思っていて……。

私の母——王太后から何かを求められたのでは？　たとえば男として私に気に入られるようにだとか」

ロディック公爵は眉を微かに動かすと、粘っこい眼差《まなざ》しを向けてきた。

「ああ、なるほど。そういうお話でしたか。ハハハ。まあ、でもそんなことは確認するまでもないでしょう？　若い男たちばかりが優先的に王太后様と殿下にご挨拶《あいさつ》できるなど、露骨すぎますので。そのような判断をなさる王太后様と同じく、殿下も実際的な方なのですね。形だけのロマンチックな段取りには拘《こだわ》られてはいないと……」

「そんなものになんの意味が？」

「ハハハ！　意味はありますよ。惹《ひ》かれ合ったと錯覚《さっかく》していただいたほうが、閨《ねや》でのやりとりが円滑に進みやすくなりますしね。主に女性であるあなた側の問題ですが。女性は気持ちが入るほど濡れやすくなるのですよ」

「ずいぶん下品な方なのですね、ロディック公爵」

「これは手酷《てひど》いおっしゃりようだ。あなたが実際的な方なので、それに合わせたのですよ」

ロディック公爵は薄ら笑いを浮かべている。

気分を害したわけではなく、性的で品のない接し方を引き続き楽しんでいるのだとわかった。

「自分の結婚相手候補らしき男性にその事実を確認することと、閨の露骨な話題を出すことが、あなたの中では同等なのですか？」

　テオドールは尋ねた。

「殿下はわかっていらっしゃらないようですが、選ばれる側の女性のほうが、選ぶ側の男性に『あなたは結婚相手候補ですか？』などと尋ねる行いは、相当に下品ですよ。女性としての慎《つつし》みが足りません」

「私は姫で、あなたは単なる公爵なのに、私が選ばれる側なのですか？」

「私とあなたは姫と公爵である前に、男と女ですから」

「まぁ！　その理論でいくと、物乞《ものご》いの男のほうが、姫である女の私より優位ということになりますね！」

「そんな話をしていないでしょう。私は物乞いではなく公爵だ！」

　さすがにムッとした表情になったロディック公爵が、前のめりに否定してくる。

　ザルな理屈で男性上位のマウントをとってくる馬鹿な男を、からかっていてもしょうがない。

　知りたかった情報のすべてを得られたわけではないが、尋ねる相手なら山ほどいる。

　何もこの馬鹿公爵に拘る理由などなかった。

「そろそろ戻ります」

「……!?　ま、待ってください。まだほんの束《つか》の間《ま》しか、二人で過ごせていないではありませんか」

ロディック公爵はテオドールの華奢《きやしや》な腕を、がっしりとした肉厚な手で摑《つか》んだ。

彼が断りもなく、テオドールに触れてくるのはこれで二度目だ。

「私には十分な時間でした」

「……どうやら私の発言の何かが、殿下のご機嫌を損《そこ》ねてしまったようですね」

「わかっているのなら、さっさとこの手を離してください」

「やれやれ。魔王様に甘やかされて育ったじゃじゃ馬娘だとは聞いていたが、噂《うわさ》通りだったようだ」

テオドールの腕を乱暴に引き寄せると、ロディック公爵は彼女の体をあずまやのテーブルの上に押し倒した。

「殿下が仰っていたとおり、確かに私は結婚相手の候補者ではある。しかし残念ながら最有力ではないのですよ。殿下も予想がついているとは思いますが、今日挨拶の列に早い段階で並んだ男たちは皆、王太后様直々に殿下の結婚相手候補として指名された者です。あの大人数の中、私は公爵であるにもかかわらず、魔力値が高くないという理由だけで、補欠扱いを受けていました」

テオドールの両手を頭上で一つに束ねたロディック公爵が、少しずつ苛立《いらだ》ちを表しはじめた。

「わがロディック公爵家は名門ですが、クルツ国との戦《いくさ》によって、深刻な経済的被害を受けたのです。その穴埋めをするためにも、テオドール殿下が引き継ぐ国庫の財産と、国民から得られる税収が不可欠だ。だから、こうするしかないわけです」

テオドールは冷ややかな目でロディック公爵を見つめた。

突っ込みどころが多すぎる。

敗戦によって被害を受けたのはロディック公爵家だけではないし、それは国庫も変わらない。

国民から集める税を、ロディック公爵家に流そうとしているのもありえない。

挙句《あげく》に他の候補者を出し抜くため、テオドールに襲い掛かるとは。

「たとえ妊娠《にんしん》しなくても、処女でなくなれば、潔癖《けっぺき》な貴族たちにとって殿下はなんの価値もなくなる。では始めましょう」

そう宣言するなり、ロディック公爵は自分の服に手をかけた。

意気揚々《いきようよう》とずり下ろされた下穿《したば》きから、中途半端に起き上がった貧弱な男性器が現れる。

「さあ、これで破瓜《はか》による幸せな痛みを与えてあげますよ！　泣いても叫んでも、ここなら誰にも気づかれない。存分に私を楽しませてください」

ロディック公爵がテオドールの上に、伸《の》し掛かってくる。

強引にドレスをはぎ取られ、たわわな乳房が溢《あふ》れ出る。

ロディック公爵はテオドールの胸を両手で摑んで、好き勝手に揉《も》みしだいた。

「はぁはぁ……素晴らしい……素晴らしいですなあ……」

テオドールの耳の中に舌を出し入れさせながら、ロディック公爵がうっとりとした声で囁《ささや》きかけてくる。

股《また》の辺りにはさっきからずっと、貧相な塊《かたまり》をごりごりと押しつけられている。

もう十分だとテオドールは判断をくだした。

「息が臭《くさ》すぎるので離れてください」

にっこりと微笑《ほほえ》んでそう伝えたテオドールは、呆然《ぼうぜん》としているロディック公爵に向かって魔法を唱えた。

完全に油断していたロディック公爵の体が、勢い良く弾き飛ばされる。

「ぐぎやッ……!?」

あずまやの柱に激突したロディック公爵は、鈍い呻《うめ》き声を上げながら倒れ込んだ。

テオドールはテーブルの上からすとんと降りると、まずスカートの裾《すそ》を払った。

「ぐっ……な、なぜ……あのような魔法を使える……!?　テオドール殿下は変化の魔法以外扱えなかったはず……!」

「なるほど。力では男のあんたに絶対敵《かな》わないか弱い女なうえ、魔法を使って抵抗することもできない。だから一国の姫を強姦《ごうかん》しようなんて暴挙に出たわけだ。未遂《みすい》で終わらせるつもりはなく、確実に手籠《てご》めにする自信があったんだろう？」

テオドールは指を一振りしてから、ロディック公爵の元へ近づいていった。

慌てたロディック公爵が、痛みを堪えながらなんとか体を起こそうとする。

そこでロディック公爵は気づいた。

「体が……動かない……？」

金縛《かなしば》りにあったかのように、指先ひとつ動かすことができないのだ。

ロディック公爵は混乱しながら何度も起き上がろうとした。

しかし叶わない。

「なんだ、これはッ……。何が起きている……!?」

「何って、魔法に決まってるだろ？」

いつの間にかロディック公爵の目の前に立っていたテオドールが、勢いよく右足を振り上げる。

顎《あご》を蹴《け》り飛ばされたロディック公爵は、強烈な痛みを感じながら、再び地面に倒れ込んだ。

「うぐあッ……！　……ま、魔法なんて……一体いつ……っ」

鼻血が量の穴から溢れて口に入る。

手を動かせないので、血を拭《ぬぐ》うこともできない。

「気づかなかったの？　さっきあんたに近づいていく前に、ささっとかけてたじゃん」

数秒間黙り込んでから、ロディック公爵は目を見開いた。

「あの指振りが詠唱《えいしょう》の代わり……!? そんな……ありえないッ……！ 大魔導士クラスの実力者でなければ、無詠唱のまま魔法を発動することなどできないはず……！ 無能の姫と呼ばれるテオドール殿下に、成せる技ではない!!」

「言いたい放題だな。でも、ありえないなんて否定したところで無意味だよ。あんたは今、魔法にかけられて逃げ道を塞《ふさ》がれてるんだから」

テオドールはロディック公爵の美しい髪を鷲掴《わしづか》みにすると、強引に目線を合わせた。

「さて、ロディック公爵。そのしけたイチモツで何をしてくれようとしたんだっけ？」

「……」

「『破瓜による幸せな痛みを与えてあげますよ』だっけ？ ゲロゲロ。同じ男として反吐《へど》が出るなぁ。よくそんな気持ち悪いセリフを思いつくよね」

「……!? 同じ男……!? ……まさかテオドール様の本来の性別は男……!?」

テオドールはうんざりとした目で、ロディック公爵を見下ろした。

「こんだけヒントを大サービスしてやったってのに、そんなお粗末な結論しか出せないの？ さっきからもう何度も、あんたみたいに頭が悪い男を相手にしてきたから、スムーズに運ばない会話には飽きてんだよ。はぁ、もういいや。さっさと楽しい工程に移ろう。——私にしたこと、しっかり復讐して差し上げますわ」

「え……。ふ、復讐って……？　え？」

ロディック公爵は目を白黒させている。

「ん？　こっちの尊厳を踏み躙《にじ》って、人生の選択肢《せんたくし》を奪って、心と体を傷つけて、一生を潰そうとしたんだよね？　なのに、まさか仕返しされずに済むと思ってたのか？」

「……！　……。……わ、わかりました。私が間違っていました。殿下があまりに魅力的だったため、つい行き過ぎた行動に出てしまったのです」

「おまえみたいな身勝手な男に襲われるのは、魅力的なこっちのせいか」

「い、いえ。決してそのようなことが言いたいわけでは……！」

「まぁ、どうでもいいけど。あんたに求めているのは、謝罪でも言い訳でもなく、罰を受けることだから」

可愛《かわい》らしくふふふと笑ったテオドールは、すっかり萎《しお》れて一層存在感のなくなったロディック公爵の性器に手を伸ばした。

「じゃあ、いっくよー」

「で……殿下、何を……」

ぶちっぶちぶちっ――。

「ヒィッツッツ!?　ひぎャぃいアアアッッッッ!!」

ロディック公爵の絶叫が庭園内に響き渡る。

「泣いても叫んでも、ここなら誰にも気づかれないんだろう？　よかったな。好きなだけ声を上げられるぞ」

「あっひぎいいっ……アグァあああああアッ……ッッ!!」

自分の下半身を眺めながら、目を見開いているロディック公爵の肩をポンと叩く。

テオドールは口元に歪んだ笑みを浮かべて、手にしているものをロディック公爵の目の前に掲《かか》げて見せた。

ひどく汚いものを扱うように、テオドールが摘《つ》まんでいるのは、先ほどまでロディック公爵の足の間で縮み上がっていた性器だ。

テオドールはロディック公爵の性器を、魔法は一切使わず引き千切《ちぎ》ったのだった。

性器を奪われた股間《こかん》からは、大量の血が溢れ出ている。

痛みと絶望から叫び続けていたロディック公爵が、少しずつ静かになってきているのは、その出血のせいだろう。

「このままだと大量出血によるショックで死んじゃうね。でも安心していいよ、ロディック公爵。ちゃあんと助けてあげるから」

テオドールは回復魔法を発動させて、ロディック公爵の血を止めてやった。

今度も当然のように無詠唱だ。

「あっ……あぐっ……あぐっ……」

出血が止まろうが、痛みが消えるわけではない。

ロディック公爵は大粒の涙を零《こぼ》しながら、悶え苦しんでいる。

それでも必死なロディック公爵は、這《は》いつくばってでも逃げ出そうとした。

「こらこら。なにしてんの。破瓜の痛みを与えるって話はどうした？　自分の言葉には、ちゃんと責任持たないとだめじゃん。こっちはあんたのために穴を用意してあるんだから」

「あぅ……な……何……なんのこと……ぅう……」

怯《おび》えながらロディック公爵が顔を上げる。

テオドールは少しもったいぶってから、あらかじめこの庭園内にかけていた幻惑魔法を解除した。

幻惑が消えたことで、テオドールが隠していたものが姿を現す。

それを目にした途端、ロディック公爵はショックのあまり呼吸困難を起こした。

未だかつて、これほどまでに醜悪《しゅうあく》で残酷《ざんこく》な光景は目にしたことがない。

植木で囲まれた広々とした庭園広場。

その中では、裸にされた何十人もの男たちが、四つん這いの状態で輪になっている。

ロディック公爵を慄《おのの》かせたのは、男たちの体がひとつながりになっていたからだ。

どの男の額にも性器そっくりの巨大な突起物が生えていて、それが前の男の尻の穴に突き刺さっている。

突き刺された男はその前の男を額の突起で突き刺し、その前の男はその前の男を突き刺し……。

そうやって男たちの連結は、ぐるりと巡っているのである。

そのうえ男たちは全員、獣のような声を上げ、痛い痛いと泣き続けている。

よく見れば男たちは皆、ロディック公爵と同じように股間から血を垂れ流していた。

彼らもロディック公爵と同じ目に遭《あ》ったのだ。

しかし彼らを襲う痛みはそれだけではないらしい。

その事実に気づいた時、ロディック公爵の目の前は真っ暗になった。

尻に出し入れされている卑猥《ひわい》な形の突起物。

それの先端に、妙なものがついているのだ。

「な……んだ……あれは……」

股間の痛みに苦しみながら呟《つぶや》く。

いつの間にか背後に立っていたテオドールは、その問いに対して、信じられない返答をしてきた。

「前に似たようなクズを罰した時は、剣山をつけた棒をケツの穴に突っ込んでやったんだけど、いつも同じやり方じゃ芸がないだろ？　だから今回は、人の血肉が大好物だっていう肉食植物の頭を、棒の先端に合成してやったんだ。肉食植物は挿入によって穴の中に入るたび、尻の内側の肉に食らいついて引き千切ってくれる。よかったね。きっと最高の痛みを味わえる」

「……ッッッ!!」

たしかにテオドールの言うとおり、突起物の先端には、ギザギザの歯を持つ気味の悪い口がぽっかりと開いている。

「や……やめ……助け……」

懇願《こんがん》しながら踵《きびす》を返そうとしたが、足が動かない。

テオドールはそんなロディック公爵の目の前に回り込むと、わざとらしく哀れみを込めて、ロディック公爵を見上げた。

「あんたたちには同情するよ。心の中に最低な欲望を持っていたせいで、こんなことになっちゃって。あのアバズレ女神が消滅したとはいえ、こうやってまだまだあの女の影響は残ってるんだよね。後釜《あとがま》もまだちゃんと決まってないし。ああ、でも、あんたたちに責任がないって話じゃないよ？　邪《よこしま》な願望を持ってなきゃ、神たちの声なんていくらでも無視できるんだから」

ロディック公爵には、テオドールが何を言っているのか全然理解できなかった。

しかしテオドールは気にせず続ける。

「もう察してるよね？　ここにいるのは皆あんたと同じようにテオドールを誘い出し、手籠めにしようとした連中だ。同じ状況下で下心に呑《の》み込まれなかった人も中にはいたけど、そんなのはほんの一握りだったよ。夜会の間、一瞬空気が重くなったのわかった？　あのタイミングで、『時間繰り返しの魔法』をかけておいたんだ。そうやってテオドールの婚約者候補を値踏みした結果が、この状況ってわけ」

ロディック公爵はテオドールに声をかける直前、ダンスとダンスの間に、かすかな耳鳴りを感じたのを思い出した。

まさかあの時のことを言っているのだろうか？

「ううっ……一斉に……何百人を……くっ……魔法で惑わせたというのか……？」

愕然《がくぜん》とさせられたが、テオドールの強大な魔力を目《ま》の当たりにしたばかりだ。

おそらく単なるはったりなどではないのだろう。

そう思うのと同時に、恐怖が膨《ふく》れ上がる。

命の危険を感じて、動物的な本能が警笛を鳴らしているのだ。

「ひぃっ……‼」

今も血が溢《あふ》れ続けている股間に両手を当てたロディック公爵は、性懲《しょうこ》りもなくまた逃げ出そうと試みた。

しかし当然今回も足は動いてくれない。

「さあ、ロディック公爵。おしゃべりはこの辺にして、あんたにも彼らの仲間に加わってもらおうか。その前にあんたの額にも、立派な突起を生やしてあげないとね」

「ヒィイイイイッッッッ!!」

テオドールがこちらに向かって、白くすらりとした手を伸ばしてくる。

このままではひとつなぎになった男たちの一員にされてしまう……!

ロディック公爵は唯一動く両手を、がむしゃらに振り回した。

しかしそんな抵抗も虚《むな》しく、ロディック公爵の額はズズズという不気味な音を立てながら疼《うず》き出して――。

◇◇◇

「――ロディック公爵はあずまやの柱に括《くく》りつけてから、沈黙の魔法をかけて、姿を見えないようにしてきた。あとで衛兵にでも連行させるといい。誰にも発見されることはないだろうから、そのまま野垂《のた》れ死《じ》にさせるでもいいけど。判断は任せるよ。好きなようにしな」

テオドールはそう言うと、隣に座っているラインマー男爵に向かって、可愛《かわい》らしく微笑《ほほえ》んでみせた。

二人がいるのは、ラミア城西塔の屋根の上だ。

この場所ならば誰かの目を気にすることなく、二人きりで話すことができる。

ラインマー男爵ももちろんそれを承知しているのだろう。

大広間にいた時は決して見せなかった態度で、苛立《いらだ》ちを剝《む》き出《だ》しにしてきた。

「あの者たちは女の敵だ。社会に戻すことはしない」

そう呟いたラインマー男爵の体は、怒りのあまり震えている。

ロディック公爵たちは気づいていなかったが、ラインマー男爵は植木の陰に隠れて、ロディック公爵たちの蛮行《ばんこう》のすべてを見ていたのだった。

何があっても決して出てこないようテオドールから釘を刺されていたので、割って入ることはしなかったが、本当はこの手で裁きを与えてやりたかったくらいだ。

ただ目の前の人物があそこまでロディック公爵たちを罰したのは、意外だった。

しかもこの者は、ロディック公爵たちを罰する理由ができるまで、待っていたのだ。

ロディック公爵たちに触れさせ、押し倒させ、襲わせた。

この者であれば、ロディック公爵たちに指一本触れさせないようにすることなど容易《たやす》いはずなのに、それをしなかった。

「自分の復讐以外、興味を持っていないのかと思っていたが」

ラインマー男爵がそう呟くと、テオドールは瞳を少しだけ大きくさせた。

「まあね」

「……貴様、どうしてロディック公爵たちを痛めつけた？　あいつらはクズだが、貴様の人生には関わりのない連中だろう」

しかもテオドールは、公爵たちが自分に手を出してくるまで敢《あ》えて待っていた。

覗《のぞ》き見ていたラインマー男爵からすれば、テオドールの行動は、復讐する必要性を作り出すためのものとしか思えなかった。

「まさかまだ正しくありたいなどというくだらん感情を持ち合わせているのか？」

きょとんとした顔になってから、テオドールはなるほどという態度で頷《うなず》いた。

「正しさのもとに行動したなんて言われたら、また俺を殺したくなっちゃうもんね？　だから確認しておきたかったんだ？　安心しなよ。正義信仰からは、とっくに醒《さ》めてる」

「だったらなぜ……」

「……」

テオドールは無言のまま、ラインマー男爵を見つめてきた。

息が詰まりそうな沈黙に、ラインマー男爵が耐えきれなくなったタイミングで、テオドールはふっと表情を緩《ゆる》めた。

「あんたは性暴力を振るう相手のことを、心の底から憎んでいるだろう？　もし俺が横やりを入れずにいたら、復讐のためにあいつらのことを痛めつけていたのはあんただった。でもあんたはもう復讐に手を染めたくないんだろ？」

「ふん。だから私の代わりに奴らを痛めつけたとでも言いたいのか？　そんな話を信じるわけがない」

「まあ、ひどい。こんなに可愛らしくて幼気《いたいけ》なレディに向かって、そんな言葉の暴力をぶつけてくるなんて……！」

テオドールが瞳をうるうるさせる。

それをうんざりした顔で眺めながら、ラインマー男爵は盛大な溜息を吐いた。

「おまえの悪ふざけに付き合うのは終わりだ」

そう言うなり、ラインマー男爵は魔法解除の呪文を唱えた。

ラインマー男爵の体を覆《おお》うようにして、きらめく光の粒子が舞う。

魔法が完全に解けると、先ほどまでラインマー男爵が座っていた場所に、ひどくむくれたもう一人のテオドールが姿を現した。

「おい、勇者！　おまえもさっさと元の姿に戻れ！」

勇者と呼びかけられたほうのテオドールは、ニタニタするばかりだ。

「他の者の目はないのだから、もう私に化けている必要などないだろう!?」

「でも面白いじゃん。この絵面《えづら》。自分と自分で会話って、滅多《めった》にできない経験だろ？　せっかくだから人生について、問答でもしてみる？」

「貴様はふざけないと生きていられないのか!?　こうなったら力ずくでも化けの皮を剝《は》いでやる！」

「痛い、痛いー。髪引っ張るのは反則だってー」

棒読みだし、痛みを感じているとは到底思えない。

こちらはそれなりに力を込めているというのに。

そこでふと違和感を覚えた。

「……ちょっと待て」

『もし俺が横やりを入れずにいたら、復讐のためにあいつらのことを痛めつけていたのはあんただった』

今勇者はたしかにそう言った。

横やりとはどの行動を指すのか。

……まさか、テオドールに化けて夜会に参加したことだろうか。

だとしたら……。

「おい、勇者。貴様、一体いつからあいつらの下心に気づいていた？」

勇者はニヤニヤしながら、別の方向から答えを寄越した。

「テオドールは俺を殺してくれたからね。その借りを返しておきたかったんだ」

「……」

返す言葉が出てこない。

勇者の言葉を鵜呑《うの》みにするつもりなどないのに、なぜだか今のは真実な気がしてしまったのだ。

（こいつのおかげで、私は復讐心に囚われる機会を回避できたということか……？）

ラウルの言うとおり、テオドールは性暴力を振るうクズたちを心底憎んでいる。

もしまた過去のような目に遭《あ》えば、自分は間違いなく闇落ちするだろう。

せっかく命がけで復讐の虚《むな》しさを知れたのに、その教えも激情に押し流されてしまうはずだ。

でも今回は、ラウルのおかげで助かった。

その事実をあっさり受け入れられず、テオドールは戸惑いを抱えたまま俯《うつむ》いた。

「……私は貴様をどう扱えばいいのか正直わからない」

「おいおい、しっかりしろよ。そんな泣き言を聞かせるなんて、心を許しはじめちゃってる証拠じゃん」

「なっ……そんなつもりは……!! 私は貴様がだいっっ嫌いだ！ 貴様と再び共闘するなんて！ 想像しただけでムカムカしてくる……!!」

「あれ。じゃあクルツ国王退治に加わってくれないの？」

「そ、それは……」

テオドールはラウルに摑《つか》みかかっていた手を離すと、むっつりとなって黙り込んだ。

「……貴様には借りがありすぎる。王族として、それを返さないことには、プライドが許さん」

「プライドなんかに縛《しば》られていると馬鹿を見るよ？ かつての俺のように」

「……」

テオドールは、仏頂面《ぶっちょうづら》でラウルを睨《にら》みつけた。

とはいえテオドールの心には、もう迷いはなかった。

「……言っておいたとおり部下たちに相談はするが、貴様に協力する方向へ話を持っていくつもりではいる」

「あれ？ どういう心境の変化？」

「うるさい……。余計なことを訊くな」

ロディック公爵たちの件が大きく影響を及ぼしたのだが、その点に関してはラウルには知られたくない。

なんとかラウルの関心を逸《そ》らしたい。

テオドールが焦っていると、なぜかラウルは自発的に視線をテオドールから逸らした。

ラウルは目をわずかに細めて、空を仰《あお》いでいる。

「……参加してくるとは思ってたけど、あの場所に仕掛けてくるとはね。この世界をぐちゃぐちゃにかき混ぜて、使い物にならないところまで壊したいんだろうなあ」

テオドールには理解できないことを呟《つぶや》くと、ラウルは再びテオドールのほうを見た。

「ごめん、予定変更。これから行くところができちゃったから、一旦ここで別れるよ。部下との話し合いだっけ？　それが終わって、クルツ国王の討伐《とうばつ》に参加する気になったら、アウエルバッハ城においでよ。できるだけ時間を稼《かせ》ぎしながら待ってるから」

そう言うと、ラウルは魔法を使って空へ飛び上がった。

「アウエルバッハ城には必ず行く!!」

叫んだテオドールに対して、ラウルが返事代わりにひらひらと手を振り返す。

その直後、冷たい夜風がテオドールの顔面に向かって吹き荒れた。

視界が遮断《しゃだん》される。

風が去った時には、すでにラウルの姿はなかった——。

四章　許されざる者

一話

The brave wish revenging, The power of darkness

バールを完全に制圧した魔族軍の主力部隊は、いよいよクルツとの国境を越えて進軍をはじめた。

クルツ国側には、迎撃するだけの戦力がもう残っていない——そう判断したのだろう。

クルツ国の首都を目指した主力部隊は、広い荒野の中を猛進している。

その様子を空の上から眺めている影の存在に、魔族たちはまだ誰一人気づいていない。

影はそれがおかしくて、「くくく……」と忍び笑いを漏《も》らした。

これから自分が巻き起こす大惨事《だいさんじ》。

想像するだけでも興奮が止まらないのに、悲劇に巻き込まれる者たちは、予兆を微塵《みじん》も感じていないのだ。

のみならずクルツを手中に収めたつもりで、勝鬨《かちどき》を上げてすらいる。

この天の高みから有頂天な者どもを、絶望の淵まで叩き落とせるのだ。

血が滾《たぎ》るのも当然の話だった。

「ふはははははッッ！　もう待ちきれん!!」

歓喜の高笑いを上げた影は、両手を掲《かか》げると強大な攻撃魔法を発動させた。

「さあ、神に与えられし力を見せてやろう」

影の作り出した魔法の周囲に、稲妻《いなずま》のような光が駆け抜けていく。

魔族たちもさすがに異変を察知したらしく、次々と天を仰ぎはじめた。

影のいる天から見れば、魔族たちは虫と変わらぬくらいに小さく、個体差など判別できない。

「人のための世界を穢《けが》す、寄生害獣共め。貴様らをこの世から、根絶してくれる!!」

そう叫んだ影の主――クルツ国王は、魔族たちを一掃《いっそう》すべく、破壊の魔法を大地に放った。

◇◇◇

同時刻。

天から楽園に、神の怒りが降り注ぐ。

巨大な灼熱《しゃくねつ》の塊《かたまり》は、森や海、畑や民家、そして逃げ惑う選ばれし者たちの上に、次々と落下した。

瞬く間に辺り一面、火の海に変わった。

爆発音が鳴るたび、灼熱の塊に弾き飛ばされた人々の体が爆《は》ぜる。

ものの数分で、見渡す限りの大地が人間の肉片で埋まってしまった。

川や海は、死体から流れ出た血で赤く染まっている。

魔族軍の侵略を受けた戦火の町ですら、これほどひどい惨状ではなかった。

残酷《ざんこく》な運命によって命を弄《もてあそ》ばれた人々は、泣き叫びながら救いを求めて、ある者の名を叫び続けた。

彼らが縋《すが》ったのは、神ではない。

「ラウル様、助けて……!!」

恐怖で目を見開いた少女の口から、ほとんど声にならない言葉が漏れる。

少女だけではない。

ラウルの名は伝染するように、人々の間に広まっていった。

神は決して助けてくれない。

戦場を経験した人々は、そのことをよく知っていた。

だから彼らは、いるかどうかもわからない神ではなく、ラウルを求めたのだった。

この天変地異を人間の力でどうこうできるのか。

最強の力を誇るとはいえ、ラウルだって彼らと同じただの人間に過ぎない。

それでも選ばれし者たちはラウルを信じて、助けを求め続けた。

彼らにできることは他にはない。

選ばれし者たちにとって唯一残された希望が、復讐者ラウル・エヴァンスなのだ。

そんな中、誰よりも多く、ラウルの名を連呼する者がいた。

「ひぎゃあああああッッッ‼　ラウル様、ラウル様、ラウル様あああああッッッ‼　おおおお助けええええ……たすけ……たすっぴえええええっっっ‼」

過酷《かこく》な状況に見舞われてパニックになるたび、幼児返りしてしまうエミールは、今回もまた赤ん坊のようにぴーぴー泣きながら、ラウルの名を叫んでいる。

足はがくがくと震え、腰は抜けてしまった。

別行動をしている母の安否も心配だし、とにかく怖くて怖くて仕方がない。

エミールは瓦礫《がれき》の陰に隠れて、小さく身を丸めながら、ひたすらラウルに祈りを捧げた。

「もうだめだ……。もう終わりだ……。ラウル様……ママ……ラウル様ぁ……マンマァアアアアア……‼」

エミールの目の前で、直撃を食らった人々が爆ぜて消える。

そうやって死ぬ時、人間は叫び声すら上げられない。

一瞬のうちに、ただ消えてなくなるのだ。

こんなに命の価値が軽いのなら、助かる気なんて微塵もしない。

茫然自失《ぼうぜんじしつ》となったエミールの中で、ぷつっと音を立てて何かが切れた。

恐怖し続けることに、心が耐えられなかったのだ。

ゆらりと立ち上がったエミールは、数歩踏み出してから、天に向かって両手を広げた。

ここが的《まと》だ。狙い撃って楽にしてくれ。

そう願っているかのように。

しかし待てども待てども最期は訪れない。

灼熱の塊は、エミールを避けるように落ちていく。

エミールは自分の運のなさを呪いたくなった。

「なんで……。なんでだよぉ……。うえっうぇっ……。怖くて怖くて、もう耐えられないよおぅ……。こんな世界で生きていくなんて無理だようう……。死なせてよう……」

嗚咽《おえつ》を漏らしながら、天に向かって訴える。

その時——。

「エミール……!!」

自分を呼ぶ母ドロリスの声と、強烈な爆音が同時に響いた。

「……あ」

背中に痛みが走る。

「……？」

痛覚を感じる暇もなく死ぬはずだったのに妙だ。

恐る恐る目を開けると、砂埃《すなぼこり》のあがった地面が間近に見えた。

「なんで……。生きてる……？」

どうやら自分は母に突き飛ばされて、地面に倒れ込んだようだ。

困惑しながら起き上がろうとする。

そこでエミールははじめて、ドロリスの大きな体の下にいることを理解した。

ドロリスはエミールを自分の腕の中に閉じ込めて、守ろうとしてくれているのだ。

「……っ……ママ……」

「ああ、エミール……。あなたが無事でよかった……。このまま母の下に隠れていなさい。母が必ず守ってあげる……」

「でも、ママ……」

「大丈夫、私の背中のお肉は……並の厚みじゃないのよ……」

「違う、ママ……!!　だって血が……っ!!」

ドロリスは地面に手をつき、覆《おお》いかぶさるようにして、エミールを庇《かば》っている。

息子を安心させようと微笑を浮かべているドロリスの口からは、赤々とした血が流れていた。

母の血が、恐怖のせいで我を失っていたエミールの心を、正気に戻らせた。

「ママ、僕を庇って怪我《けが》をしたんでしょ!? 僕の上からどいて……!! 傷を診《み》てみないと……!!」

エミールが必死に訴えかけても、ドロリスは受け入れてくれない。

「私のことはいいのよ……。それよりエミール……聞いてちょうだい……。……何度逃げても構わない。……弱虫だと言われても気にしちゃだめ……。あなたの穏やかさと優しさを……母は誇りに思っているわ……。でもたったひとつだけ……自分のために他人を傷つけることだけはしないで……。……ラウル様の怒りを……買うような人間になってはだめ……。愛《いと》しい我が子……どうか幸せに……」

「ママ、やめて……! そんな話、聞きたくないよ……!! だってこんなのまるで……」

遺言《ゆいごん》みたいだ。

頭に浮かんだ言葉にゾッとしながら、ドロリスの体を両手で押してみる。

エミールが貧弱すぎるのか、ドロリスの意志が固すぎるのか、ドロリスの体はびくともしない。

「エミール、お願い。今母が伝えたこと……守ると約束して……」

必死に訴えかけるドロリスの口から、血が溢《あふ》れ出る。

「わかった……! わかったから、ママ! もう喋《しゃべ》らないで……!!」

エミールは泣きながら、痛切な声でラウルに助けを求めた。

情けなくて苦しい。

母はいつだってこうやってエミールのためを思ってくれていた。

エミールはそれに甘えるばかりで、まだ与えてもらった気持ちを返せていない。

だから。

「ラウル様、助けて……‼」

◇◇◇

「燃えろ、燃えろ！　僕様の炎は、最強なんだ！　火を司《つかさど》る神の力で、すべてを焼き尽くしてやるぅ！」

火を司る神代理の少年は、甲高《かんだか》い笑い声をあげながら、次々と燃え盛る隕石を地上に降らせている。

「いいねえ、うふふ。ゴミ人間たちがどんどん片付いていくぅ！　これでみんなに認めてもらえる……！　次の会議には、絶対僕様の席も用意されるぅ！」

絶対神からは、ラウルが自らの立場を理解するよう、ほどほどに思い知らせてこいと言われた。

しかし、もとより手を抜くつもりなどなかった。

せっかく与えられた見せ場なのだ。

期待以上の成果を上げて、目立っておきたい。

「だから人間、全滅させせちゃうよう！」

にこにこの笑顔でそう呟《つぶや》いた火を司る神代理は、掲《かか》げた両手の上に一際《ひときわ》巨大な隕石を生成した。

「見ててよ絶対神！　これが兄者を越えた僕様の力だああ!!」

そう叫び、燃え盛る隕石を地上へ叩き落とそうとした瞬間——。

「雑魚神《ざこがみ》が、なーに調子に乗ってんの？」

「……!!」

慌てて振り返った時には遅かった。

いつの間に現れたのか。

凶悪な笑みを浮かべたその男は——。

「ラウル……!!」

火を司る神代理がラウルの名を呼ぶのと同時に、ラウルの手から魔法が放たれた。

どす黒くてネバネバした触手たちが、ラウルの指先から一斉に飛び出す。

触手たちは、火を司る神代理が渾身《こんしん》の力で作り出した隕石にまとわりつき、ぐるぐると周囲を回りはじめた。

「はあああァッッッ……!? なにしてくれちゃってんのぉおお!?」

そう叫ぶのが精一杯で、止める間などない。

ラウルの触手は蛇のようにシュルシュルと音を立て、火を司る神代理の魔法をあっさりと覆い尽くした。

そして――。

「んじゃ消去っと」

ラウルが指先を鳴らす。

それと同時に、触手がぐうぅうっと圧縮され――。

ばじゅんっっ――。

火を司る神代理の作り出した燃え盛る隕石は、弾けて消えた。

「んっあああああああァッッ!! せっかく最強の業火で、人間を焼き尽くしてやるとこだったのにぃいいィッッ!!」

真っ赤な顔で抗議する火を司る神代理に向かい、ラウルは同情の籠《こ》もった眼差《まなざ》しを向けた。

「なんだよ、『最強』の意味も理解できてないの？　地獄を司る神や愛の女神もそうだったけど、神サマってパッパラパーしかいないの？　――いやちょっと待てよ？」

後ろで手を組んだラウルが、楽しそうに火を司る神代理の顔を覗《のぞ》き込む。

それから、こう付け足した。

「あんたは神サマじゃなくて、神サマ代理だったな」

女神の魂を覗いた時に知ったのだが、絶対神の下につく十二の神々のうち火を司る神の座は、もう長いこと空席になっているらしい。

「あんたはあれだ。火を司る神だった兄の後釜《あとがま》に収まろうとして、二百年以上前から頑張ってるけど、一向に昇進させてもらえない哀れな弟くん――だろ？」

「なんてことというんだよぉぉおおおッッ!!」

どうやら代理の立場から抜け出せずにいることが相当コンプレックスだったらしい。

火を司る神代理は、青筋を立てながらいきり立った。

「今日、おまえを殺すことで、昇進間違いなしなんだからっ!!　僕様は全然可哀想《かわいそう》じゃないし、馬鹿になんてされてないし、無能でもないいんだからッッ!!　何よりも兄者と僕様を比べるのはやめろぉぉぉ!!」

ラウルは呆《あき》れ返って、ため息を吐いた。

「色狂い、バカ殿の次は、コンプレックスつよつよ幼児かよ。神サマこんなんばっかだと思うと、先が思いやられるな。おっと。間違えた。神サマじゃなくて、神サマ代理さん」

「……ッッ!! 僕様を侮辱《ぶじょく》するなあああッッッ!!」

怒りが沸点に足したのだろう。

絶叫しながら火を司る神代理が突っ込んでくる。

火を司る神代理は両手に円盤型の武器を出現させた。

「面白い武器じゃん。残念ながら活躍はしなさそうだけど」

「黙れ、黙れ、黙れッッ!!」

ラウルの間合いまで近づいた火を司る神代理が、両手を振りかぶる。

「死ね、死ね、死ね、死ねえええええ!!」

「うわあ……。こんな幼稚な雑魚を単騎で送り込むなんて、あんたらのボスは何考えてんの? でもまあ、雑魚のわりにヘイト稼《かせ》ぎはよくできてたけど。俺の楽園に手を出して、俺を怒らせたんだから立派立派」

火を司る神代理が高速で武器を投げたというのに、ラウルは構えることもなく、のんきにしゃべり続けた。

そんなラウルの体を、回転した刃が好き放題切り裂いていく。

「やっふー！　ざまぁみやがれ!!」

火を司る神代理は大はしゃぎでぴょんぴょんと跳ねた。

その直後、火を司る神代理の耳元で囁《ささや》くような声がした。

「最近俺の中で幻惑魔法ブームが来てるんだ」

「……!?」

死んだと思って浮かれた途端、まさか背後を取られるなんて。

火を司る神代理は焦って振り返ろうとした。

しかし叶わなかった。

スパンという音が、辺りに響くほうが先だったのだ。

「な……ん……」

問いかけの言葉を発しながら、火を司る神代理の可愛《かわい》らしい頭が、胴体を離れて地面に落ちてゆく。

「わーすごい。この武器切れ味最高だね」

無邪気な声で、感心した気持ちを伝える。

そんな俺の両手には、火を司る神代理から頂戴《ちょうだい》した例の武器が握られている。

武器の刃は、火を司る神代理の首を斬り落とした際についた血と脂《あぶら》で、ギラギラと輝いている。

「まずは一個目っと」

そう呟いた俺は、火を司る神代理の首を拾って、自分の足元に置いた。

それからしばらく待つ。

数分もしないうちに、俺の期待していた再生がはじまった。

メキメキと音を立てて、火を司る神代理の首周りの筋が成長をはじめる。

それからさらに数秒。

唐突《とうとつ》にスポッという音が響き、火を司る神代理の首の上に、新しい頭が勢いよく生えた。

新品の頭部を取り戻した火を司る神代理は、数回瞬きを繰り返してから、ハッと声を上げた。

今自分の身に起こったことを、遅れて理解したようだ。

「そ、そんな……神様代理の僕様が、人間なんかに殺された……!?」

「そうそう、代理のあんたにも、神様の能力がちゃんと与えられててよかったよ。おかげであんたの首、いくらでもにょきにょき生えてくるからな。というわけで、その再生の能力を利用して、今から俺と存分に楽しもうね！」

「ま、待て……何するつもり――」

火を司る神代理が尋ねている途中で、俺はまた奴の首を刎《は》ね落とした。

「よしよし、これで二個目。さあ、じゃんじゃんいこー！」

その後も、俺は火を司る神代理の頭が再生するたび、首を斬り落とし続けた。

五回目の斬首辺りから、火を司る神代理の態度は、目に見えておかしくなった。

いくら再生できるとはいえ、痛みや恐怖を感じないわけではないようで、火を司る神代理は泣きじゃくりながら許してくれるよう懇願《こんがん》してきたのだ。

「ごめん！　ごめんてば！　人間を殺しすぎたのは悪かったって!!　ちょっと勢いづいちゃったんだって。半分ぐらい死んだところで止めとくべきだったよ！　ねぇ、この通り反省してるから、僕様のこともう許そう!?」

「ムリムリ」

「なんでぇ!?　痛いんだよっ!!　やめてよっっ!!　もうやだあああああ!!」

「あんたが意味もなく起こした天変地異の被害にあった人間たちも、きっと同じ気持ちだったはずだよ。よかったね。弱者の悲しみが、これで少しはわかったね」

「じゃぁ、じゃぁ……！」

「でも終わらせてやるわけじゃないけど」

「……!!」

おしゃべりは終わり。

再び、火を司る神代理の首を、斬って、斬って、斬り落としまくった。

今や俺の周りの地面には、火を司る神代理の首が所狭しと積み上げられている。

「うん、こんなところで、準備が完了かなぁ」

「ヒイイッ!! 準備って何⁉ これ以上何をするつもりぃぃいいッッッ⁉」

何十回目かわからない再生を終えた火を司る神代理が、泣き叫びながら問い掛けてくる。

俺は返事の代わりに、ニッと笑ってみせた。

それから巨大な鉄棒を魔法で出現させた。

「今からこのボールを天界めがけて、どんどんかっ飛ばそうと思って」

このボールと言いながら視線を向けたのは、苦労して集めた火を司る神代理の首たちだ。

「俺に関わる時は心して来いよってメッセージ、ちゃんと伝わるかなぁ?」

「待って……! 考え直して……! 人間なんかに負けたうえ、いいように遊ばれたなんて知れたら、神様になれないよ……! ううん、それどころか恥《はじ》さらしだって怒られて、消滅させられちゃう!!」

もちろんそうなることを見越して、この手段を選んだに決まっている。

「だから、だから許し……」

「んじゃ一球目ー!」

「や、やめ……!!」

火を司る神代理が必死の形相《ぎょうそう》で止めようとする。

俺は全く相手にせず、火を司る神代理の首をポンと高く、蹴《け》り上げた。

落下してきたところで狙いを定めると――。

カッキーンッッ!!

俺が振りかぶった金棒は、良い音を立てて火を司る神代理の首を、大空高くへと飛ばしたのだった。

「うんうん、良い手ごたえ。この調子でどんどん打ち上げてこ!」

「だめだよう、うえっえぐっ、ひどすぎるようっ……ううっ……。僕様をおもちゃにしないでよぅ……ひっぐうっく……」

泣きながらすがりついてくる火を司る神代理に向かい、俺は一際《ひときわ》優しく微笑《ほほえ》みかけた。

「ね? 命をおもちゃのようにされると辛いよね? だーかーらー、人間の命で遊んだ罰を、おまえは甘んじて受け入れるしかないよね?」

「やっ……やだあああッッッ……!!」

絶叫する火を司る神代理を尻目に、俺は金棒を振りかぶり続けた。

今日、楽園から消えてしまった人々の数に達するまで、何度も何度も何度も――。

◇◇◇

天から降り続けていた灼熱《しゃくねつ》の塊《かたまり》が、ピタリと止んだ。

母に抱きしめられたまま、もがいていたエミールは、戸惑いながら視線を上げた。

何が起こったのだろう。

もう安全なのか……？

逃げ惑っていた人々も足を止め、不思議そうに天を仰《あお》いでいる。

「……ママ、攻撃がやんだみたいだ。すぐ怪我《けが》の治療をしてもらおう……!!」

そう声をかけるが、ドロリスはエミールを離そうとしない。

エミールをしっかりと抱え込み、自分の体を盾にしたまま、動いてはくれないのだ。

「ママ……！　このままじゃママの体が……！」

必死に呼びかけていると、不意に周囲がざわついた。

「ああ……！　やはりラウル様だったんだ……！」

「ラウル様が、私たちを救ってくださったんだ……!!」

そんな言葉が次々聞こえてくる。

（ラウル様……!?）

ドロリスに押しつぶされたままの状態で、なんとかラウルの存在を確認しようと試みる。

その直後、エミールの顔に影がさした。

見覚えのある靴《くつ》。

はっとして視線を上げる。

「……!!　ラウル様……!!」

「……」

エミールの前に立ったラウルは、無言のままこちらを見下ろしている。

彼が何を考えているのか、いつも以上にわからない。

それでも、ラウルの顔を見た途端、エミールは安心した。

ラウルなら、負傷した母を難なく助けられる。

「ラウル様……!!　母が怪我をしているんです……!　体のどこかに、灼熱の塊が当たってしまったようで……!　お願いします、母を助けてください……!」

ドロリスの体を抱きしめたまま、エミールは懇願した。

ところが……。

「無理だよ、エミール」

「なっ……!?」

ラウルから返ってきた言葉に絶句する。

確かにラウルは魂を売った復讐者だし、恐ろしい人物だ。

けれど、ただの悪魔ではないと、エミールは思っていた。

ラウルがひどい目に遭《あ》わせるのは、復讐対象と、彼の復讐を阻《はば》むものだけだ。

母はラウルの復讐対象ではないはず。

それなのにどうして見捨てるようなことを言うのか。

「ラウル様……!! 僕の母も、ラウル様の敵ではありません……!! ですから、どうか母を……!!」

ラウルは無表情のまま、ドロリスの肩に手をかけた。

助けてくれる気になったのだろうか。

期待を抱いたエミールの前で、ラウルはドロリスの両脇を摑《つか》んで持ち上げた。

されるがままになっているドロリスの体が、エミールから離れていく。

距離ができたことで、ようやくドロリスの全貌《ぜんぼう》を確かめることができる。

(ママはどこを負傷してしまったのだろう……!)

ドキドキしながら視線を動かしたエミールの瞳が、大きく見開かれる。

視界に映ったものを理解できない。

いや、正確には理解したくなかった。

あまりにも惨《むご》く、残酷《ざんこく》な現実だったから。

「あ……ああ……そんな……」

愛する母ドロリスの体は、腰から下がなくなっていたのだ。

火を司《つかさど》る神代理を楽園の上から追い払ったあと、俺はまず最初に負傷者の手当てを行った。

それから瓦礫《がれき》を撤去した。

遺体の一部は瓦礫の下に埋まってしまっているため、その作業を行わないことには埋葬できないのだ。

生き残った人々は手を貸したがったが、二次災害を避けるため、瓦礫には触れさせなかった。

代わりに死者を埋葬するための穴掘りは、彼らに任せた。

弔《とむら》いがどれほど大切な行為か、心をなくした今の俺にだって理解できるからね。

選ばれし者たちは、泣きながら遺体を埋葬していった。

埋葬は呆気《あっけ》ないくらいすぐに終わってしまった。

原形を留めている遺体は一部で、ほとんどの死者が肉片だけにされてしまったからだ。

俺は血肉のついた土や瓦礫を余すことなく集め、選ばれし者たちが掘った穴の中に移動させた。

ずっとすすり泣きが聞こえている。

彼らは今、胸の内でどんなことを考えているのだろう。

彼らの魂は、変わらず美しいままなのだろうか。

まあ、そんなこと——ありえないよな。

◇◇◇

明け方近く、夜会がお開きになると、テオドールはすぐさまキリルとダミアンを探しはじめた。

歩くたび、靴《くつ》ずれを起こした踵《かかと》が痛む。

ラウルが去った後、テオドールは母親である王太后に捕まり、夜会の間中、何十人もの貴族と踊らされたせいだ。

直に接触してみたことで、テオドールと踊りたがる貴族たちの目的が、うんざりするぐらい伝わってきた。

彼らは全員、テオドールの気を引こうと必死だった。

ラウルから教えられたとおり、やはり貴族たちは、王太后がテオドールの婚約者として集めたのだ。

貴族たちは、時期魔王の伴侶《はんりょ》という立場を手に入れたいらしく、テオドールに気に入られようと必死だった。

容姿を褒《ほ》めそやし、へりくだってかしずく。

そのくせ言葉の端々には、女であるテオドールを見下すような思考が滲《にじ》んでいた。

話題に上げられるのはテオドールの外見のことばかりで、誰もテオドールの心を知ろうとはしなかった。

あの公爵たちと変わらない。

彼らは所詮《しょせん》テオドールのことを、子供を産むための道具としてしか見ていないのだ。

胸や尻や腰を眺められ、何人ぐらい子供を産める体か値踏みされる。

夜会の間中そんなことが続いた。

気持ち悪い。全員殺してやりたい。

何度そう思ったかわからない。

魔王だった姉も、同じような思いをしていたのだろうか……。

そんなことを考えながら暗い廊下《ろうか》を進んでいくと、執務室に続く廊下の途中で目当ての二人とばったり出くわした。

「キリル、ダミアン！」

名前を呼びながら、駆け寄るテオドールを見て、二人は驚いた様子を見せた。

「姫様、もうお休みになられたかと……」

赤毛の大男であるキリルが言う。

キリルは魔族の若き騎士団長で、二メートル近い身長と、鍛え抜かれた体のせいか、立っているだけで威圧感を与える男だ。

そのうえ眉間《みけん》には常に皺《しわ》が寄っていて、厳しい表情を浮かべていることが多い。

しかしそんなキリルの態度が、テオドールの前だと少し変わる。

幼い頃からテオドールを見守ってきたこともあり、キリルはテオドールに特別な愛情を注いでいる。

今もテオドールの姿を目にした途端、仕事中には絶対見せないような、心配そうな顔つきになった。

夜会の間中、貴族たちの相手をさせられていたテオドールは、疲れ果てているはずだと思っていたからだ。

みるみる回復しているとはいえ、一時は命の危険を感じるほどまでに弱っていたこともあり、キリルは気が気ではなかった。

キリルとは反対に、王太后はテオドールの健康を全く気遣わない。

テオドールに過保護なキリルは、そのことが特に納得できなかった。

血が繋《つな》がっていなくても、テオドールは王太后にとって唯一残された親族なのだ。

もっと大切にしてくれてもいいのにと不満を抱く。

「……」

いつも以上にむっつりと押し黙るキリルの横顔を、ダミアンがチラッと盗み見る。

ダミアンには、キリルが何を考えているのか察せられたが、テオドール自身はキリルの想いに全く気づいていない様子だ。

「内密に話したいことがあって、二人を探していたのだ……！」

よっぽど急いでいるらしく、捲《まく》し立てるようにテオドールが言う。

「内密の話、ですか？」

ダミアンが尋ねる。

テオドールはこくこくと頷《うなず》いた。

「だがここではまずい。キリルの部屋へ移動しよう」

テオドールが提案した途端、キリルが取り乱しはじめた。

「なっ……!?　俺の部屋ですか!?　姫様、それはだめです……!!」

「なぜだ？　ここからなら、おまえの部屋が一番近いだろう」

ムッとした表情になって、テオドールが腕を組む。

キリルはたじたじしながらも首を横に振った。

厳しく、冷静で、いつも兵士たちを恐れさせているキリルをこんなふうに動揺《どうよう》させられるのは、テオドールだけだ。

「女性が男の私室を訪れるなど、絶対にいけません！」

必死の形相《ぎょうそう》でキリルが諭《さと》すと、テオドールは鬱陶《うっとう》しそうに鼻を鳴らした。

「キリル、気持ち悪いぞ」

「……っ!!」

よっぽどショックだったのだろう。

テオドールの言葉に、キリルがあんぐりと口を開けて固まる。

ダミアンは苦笑しながら、二人の間に割って入った。

「まぁまぁ、キリル。私もいるのだから、そこまで目くじらを立てるほどのことではないだろう。それか姫様、執務室でお話を伺《うかが》うというのはどうでしょう？」

そう提案してみたが、テオドールは承諾《しょうだく》しなかった。

「執務室ではだめだ。あの部屋では、衛兵たちの耳がある。絶対に誰にも聞かれたくないのだ。そのくらい重要な内容なのだ……！」

今も警戒しているらしく、テオドールが視線を周囲に向ける。

その直後、何かを閃《ひらめ》いたらしくテオドールが「あ！」と声を上げた。

「人目に触れぬための良い場所を思い出した。……それにあの場所には、始末するべきものを残してあるからな。二人ともついてこい」

テオドールが、キリルとダミアンを連れて向かった先は、例の中庭だった。

樹木の迷路になっているこの場所なら、密談にうってつけだ。

テオドールは早速、ラウルからクルツ国王の討伐《とうばつ》に参加しないか誘われた件について、キリルとダミアンに話して聞かせた。

当然二人は、衝撃を露わにした。

「勇者と手を組むなどなりません！　奴は魔王様の命を奪い、ホラーバッハ国に大打撃を与えた男。我々の苦しみは、すべて勇者ラウルが生み出したようなものです！」

キリルが声を荒らげる。

それに対して、テオドールは静かに首を振った。

「姉上の死と、ホラーバッハの滅亡を望み、ラウルに侵略を命じたのは、クルツ国王だ。ラウルが利用されていたことは、おまえたちだってもう知っているはず」

「……それは……しかし」

「私の目的はクルツ国王への復讐ではない。この国のためには、ラウルと手を結ぶほうがいいのではないかと考えているのだ」

「勇者は姫様を利用しようとしているだけです！」

「それはありえない。こんなことは認めたくないが、ラウルは最強だ。私の協力などなくとも、すべてを自分の意のままにできる」

「どうしてしまったのですか。奴は人間ですよ。人間を認めるなど、姫様らしくありません。目を覚ましてください、姫様」

キリルが説得しようとして、テオドールの両肩を摑《つか》んでくる。

ダミアンも同じ意見らしく、キリルの言葉に頷くばかりだ。

「姫様、キリルの言うとおりです。人間などを信用してはなりません」

「私はラウルを信用しているわけではない！　あいつは世界一信用ならん！　でも今はそういうことを言っているのではないのだ。ラウルどうこうではなく、人間と友好条約を結ぶほうが、魔族のためになるという話がしたいのだ」

必死に訴えかけるが、キリルやダミアンには響いている様子が見られない。

かつてのテオドールがそうだったように、人間に対する憎悪の感情が、二人から冷静な判断力を奪っているのだ。

「よく考えろ。私たち魔族と人間は、未来永劫《みらいえいごう》命を奪い合い続けるのか？　どちらかがどちらかを侵略し、尊厳を傷つける。そんなことを繰り返すのが正しいと言うのか？　私たちは虐《しいた》げられる苦しみを知っている。それなのに今魔族軍は、クルツ国民に対して同じことをしている。なんのために？　復讐のために？　……復讐は自らの心をずたずたにする行いだ。希望を奪い、魂を穢《けが》す行為だ。そんなものに取り憑《つ》かれるべきではないのだ……。そんなもののために、私達は生を享《う》けたわけではないはずだ……」

テオドールが消え入りそうな声で呟《つぶや》くと、彼女の肩を摑んでいたキリルの指先から力が抜けていった。

そろそろと顔を上げると、キリルは悔《くや》しそうに唇を嚙《か》みしめている。

キリルは何を思っているのだろう。

問いかけることができずにいると、ダミアンが溜息を吐きながら提案してきた。

「……ひとまず王太后に相談いたしませんか？」

ダミアンがそう提案すると、テオドールは慌てて拒絶した。

「絶対だめだ。二人も知っているだろう。母上は魔族至上主義者で、人間を毛嫌いしている。意見を求めれば反対されるに決まっている。それだけならまだしも、私が母上の意に反する選択をしないよう、行動を制限されかねない」

「しかし王太后様を蔑《ないがし》ろになされば、姫様の立場が危うくなります」

「そうであったとしても、母上の影に支配され、言いなりになっているつもりはない。母上が戻られてから、魔族軍はクルッへの報復活動と侵略行為に明け暮れている。母上が争いを煽《あお》るからだ。私は人間だからというだけで、クルッ国民を憎むつもりはもうない。だから母上の行動には反対だ。人間の中にはクソ野郎も山ほどいた。でも……優しさで包み込んでくれた子だっていたんだ」

生まれて初めてできた親友エイダ。

エイダの向けてくれた優しい笑顔が、テオドールの脳裏《のうり》に過《よぎ》る。

「……魔族だって同じだろ？　魔族全員が善良なわけがない。むしろ魔族にだって、殺すぐらいでは済ませられないようなクズもいる。これを見てみろ」

テオドールは、あらかじめラウルに教わっていた幻惑魔法解除の呪文を唱えた。

その途端、ラウルがかけておいたまやかしは消滅した。

テオドールたちの前に、ラウルによって折檻《せっかん》を受けたままの貴族たちの姿が現れる。

貴族たちは一つ繋ぎの状態のまま、泣き叫び続けていた。

「ひ、姫様!?　これはいったい……!?」

キリルとダミアンが、テオドールのほうをバッと振り返る。

テオドールは殺意を込めた眼差《まなざ》しで貴族たちを睨《にら》みつけたまま、淡々と伝えた。

「こいつらが何をしでかし、惨《みじ》めな罰を受けることになったのか。私が説明するより、こいつらの記憶を辿《たど》ったほうがわかりやすいだろう。ダミアン、奴らの記憶を魔法で再生させろ」

命じられたダミアンは躊躇《ためら》いながらも、テオドールの指示に従った。

この中庭で起こったことが、明るくなりはじめた空に再生される。

貴族たちが、テオドールだと思い込んでいたラウル相手にしでかしたこと。

それを理解するにつれ、キリルとダミアンの瞳には燃えるような怒りの色が浮かび上がっていった。

「言っておくが、貴族たちがテオドールだと思っている相手は、私に化けた勇者だからな」

テオドールが補足を入れる。

「そんなことは些事《さじ》です。このクズたちは、姫様相手だと信じ込んで暴挙に出たのですから……。存分に苦しみを与えて後悔《こうかい》させてやるべきだ」

そう漏《も》らしたキリルは、ほとんど激昂《げっこう》していた。

記憶の再生が終わるのと同時に、キリルが無言で腰の大剣を引き抜く。

そして確認するように、テオドールを振り返った。

「我が姫、どうかご許可を」

何に対する許可を求めているのか、聞くまでもない。

もともとテオドールは、貴族たちを自らの手で裁くつもりだった。

しかし声が震えるほど怒りにかられたキリルを前にすると、彼の求めを拒絶する気にはなれなかった。

「いいだろう。しかし罰するだけにしろ」

「……報復を許してはくださらないのですか？」

「そうだ」

「……」

キリルは口惜しそうな表情を見せたが、テオドールに逆らうことはなかった。

「わかりました」

答えるのと同時に、キリルはその場にいた貴族たち全員のクビを、大剣の一払いで斬り落としてしまった。

テオドールは血だまりのできた中庭をじっと見つめながら、改めて二人に伝えた。

「魔族も人間も関係ない。私は悪の蔓延《はびこ》る世を正し、善人が虐げられる世界に終止符を打ちたいのだ。勇者ラウルはたしかに歪んでいるし、病んでもいる。しかし……奴は私と同じ希望を見ている気がする。それが私のくだらん妄想なのかどうか。確かめるためにも、私はラウルとクルツ国王の戦いの場に向かいたいのだ」

キリルもダミアンも黙り込んだまま、しばらくの間それぞれに考えを巡らせた。

先に行動したのはキリルのほうだった。

血にまみれた大剣を手にしたまま、キリルはゆっくりと膝を折った。

「俺は殿下を支持します」

「……！」

テオドールの瞳が喜びで大きく開かれる。

それから少し心配そうにテオドールはダミアンのほうを見た。

やりとりを見守っていたダミアンが、肩を竦《すく》めてから自分の意見を二人に伝えようとした時――。

「いけない子たち。妾《わらわ》に内緒で何を企《たくら》んでいるのかえ？」

最初に声が響いた。

それから少し遅れて空間が歪み、漆黒《しっこく》の霧が沸き起こった。

その霧の中から、白い顔がにゅっと現れる。

王太后の顔だ。

三話

The brave
wish revenging,
The power of
darkness

同時刻。

魔族領国境では、神の介入《かいにゅう》によって力を取り戻したクルツ国王が、大はしゃぎで魔族軍を駆逐《くちく》していた。

三万人の魔族の兵士たちは、上空から浴びせられる圧倒的な攻撃によって、壊滅状態にある。

すべての兵士が倒れ、大地は血の色で染まっている。

魔族軍の兵士たちには、もう反撃の力など残っていない。

地上に降りたクルツ国王はそれを理解した上で、魔族軍の生き残りを執念深く探して歩いた。

一人一人体を蹴《け》って仰向《あおむ》かせてから、頭部を吹き飛ばしていく。

心臓に穴が開いていようが、半身が吹き飛んでいようが、止《とど》めを刺す行為を怠《おこた》ったりはしない。

絶対に誰一人生還させないという強い意志が、クルツ国王の表情からは見て取れた。

「ふん。息のある魔族を見つけたら、とことん苦しめてやろうというに。転がっているのは屍《しかばね》ばかりではないか」

惨状《さんじょう》を見れば、ほとんどの魔族が即死だったとわかる。

「あっさりやりすぎたな。これではつまらん」

そう零《こぼ》しながら、最後の一人の頭を吹き飛ばしたその時――。

「陛下ー！」

「む？」

呼びかけられ振り返ると、砂埃《すなぼこり》を上げながら駆けつけてくる大群が見えた。

馬上の兵士たちが身にまとっている黄金の甲冑《かっちゅう》と旗の紋章から、クルツ軍だとわかる。

これほどの距離に近づくまで、軍隊の存在に気づかなかったのは奇妙だ。

「奴の魔法だな」

クルツ国王はふっと笑みを浮かべると独りごちた。

「……ちょうどいい。これで退屈しのぎができる」

期待に胸を躍らせながら、クルツ軍が到着するのを待つ。

軍を率《ひき》いているのは、クルツ国王の側近である貴族たちだ。

側近たちは正規の軍人ではない。しかし唯一生き残っていたブラッカム将軍が、ラウルによって首をとられてしまった今、側近たちが軍を率いて戦地に赴《おもむ》くしかなかったのだ。

「陛下、お呼びに与《あずか》り……ふぅふぅ……急ぎ馳《は》せ参じました……!!」

贅肉《ぜいにく》をタプタプと揺らしながら、なんとか馬から降りた五人の側近たちが、クルツ国王の前に跪《ひざまず》く。

揃いも揃って醜《みにく》く太った男たちが、頭にのせていた鎧兜《よろいかぶと》を脱ぐ。

その間もずっと、側近たちはクルツ国王のことを驚きの眼差しで見つめていた。

「陛下……そのお姿は……」

側近の一人が恐る恐る尋ねてくる。

延命用魔道具からこの体が解放されたことを言っているのか。

それとも若さを取り戻したことを言っているのか。

どちらにしろ、側近たちが驚愕《きようがく》している様を眺めるのは愉快だった。

しかしこんな喜びは序の口だ。

クルツ国王は忍び笑いを漏らしながら、側近たちを見渡した。

「我がそなたらを呼んだと言っておったな？　それはどこから湧いた情報だ」

側近たちが戸惑った態度で顔を見合わせる。

「陛下がこの者を使者として使わされたのでは……？　我々はこの者の魔法によって、王都からこの国境まで移動してきたのですが……」

代表で答えた側近が、件《くだん》の使者のほうを振り返る。

使者は一歩下がった場所で頭《こうべ》を垂れている。

顔は見えない。

腕についた腕章が、伝令役の証《あかし》となっていた。

「その者、鎧を外して顔を見せよ」

クルツ国王が声をかける。

使者は数秒間を空《あ》けてから、鎧を脱いだ。

「……‼」

使者の素顔がさらされた途端、軍隊に動揺《どうよう》が走った。

サラサラとした漆黒の髪。血の色をした瞳。整い過ぎた顔立ち。

無垢《むく》な少女のようにあどけない笑顔を浮かべた悪魔――。

「勇者ラウル……‼」

絶句していた側近の一人が、喘《あえ》ぐように彼の名を口にする。

呼びかけられたラウルはひらひらと手を振って、場にそぐわない明るい声を発した。

「やあやあ！　こうやってちゃんと顔を合わせ喋《しゃべ》るのは久しぶりだよね！　俺がいなくて寂しかった？　うんうん、わかるわかる。俺もみんなと会えなくて、とーっても悲しかったもん。だからぁ、これからたっぷり遊ぼうねえ！」

口元に人差し指を当て、ラウルが小首を傾《かし》げる。

側近たちが恐怖のあまり凍りつく中、クルツ国王は悠然《ゆうぜん》とした態度で前へ踏み出した。

自分は力を取り戻した。

このクルツ国を難なく統治していた力を。

それに自分には神がついているのだ。

だから恐れることなどもう何もない。

クルツ国王は無敵になったような気がしていた。

自由を奪われ、ラウルによって生殺与奪《せいさつよだつ》の権利を握られていた頃とは違うのだ。

「そなたのほうから出向いてくれるとはな。捜す手間が省《はぶ》けたぞ。――反逆者ラウルよ」

そう言うと、クルツ国王は魔剣を右手に出現させた。

そのまま剣の切っ先を、ラウルの首に突きつける。

「あれー？　俺たち停戦中じゃなかったっけ？　ちょっと前まで仲良しこよしだったってのに、どうしちゃったの？」

「我の姿をとくと見るがいい。かつての力を取り戻した我に恐れるものはない！　下賤《げせん》の民である貴様の思い上がり、我が終止符を打ってくれよう！」

「なるほど。棺桶《かんおけ》に片足を突っ込んでたのに、今は元気そうだもんね。そっちがもう一度俺と敵対したいっていうのなら、俺は全然構わないよ」

唇を弓なりにさせたラウルは、そう言うのと同時に体を翻《ひるがえ》させ、クルツ国王との間に間合いを取った。

身体能力では明らかにラウルのほうが優勢だ。

しかしクルツ国王が動じることはない。

クルツ国王はラウルが着地すると同時に、魔法による攻撃をはじめた。

後手に回ったラウルもすぐさま撃ち返す。

ところがクルツ国王の体は不思議な色をしたオーラに護られていて、まったく攻撃が当たらなかった。

「あれー、おいおいこれってもしかして……」

珍しくラウルが動揺した声を上げる。

クルツ国王はその反応に機嫌を良くしながら、とめどなく攻撃を繰り返した。

ラウルの攻撃は勝手に弾かれてしまうのに、クルツ国王の攻撃はしっかりとラウルまで届く。

明らかにラウルの分が悪い。

「貴様は俺に傷一つつけることはできぬ。なぜなら神がそう決めたからだ」

傲慢《ごうまん》な態度でそう宣言しながら、クルツ国王は魔法の威力を少しずつ上げていった。

そのたびラウルの体が、後ろへ後ろへと下がっていく。

最初のうちはラウルの魔法も問題なくクルツ国王の攻撃を撥《は》ね除けていたが、徐々に怪しくなってきた。

ラウルはクルツ国王の魔法に圧《お》され、ついにそのうちの一発が体に激突した。

「……ッ!!」

攻撃をもろに食らったラウルの体が宙に舞う。

そのまま数メートル弾き飛ばされ、鈍い音を立てて地面に落ちた。

「痛ったぁ……」

ふざけたような声を零したラウルだが、起き上がることはできずにいる。

「ふはははッ！　思い知ったか勇者よ！　これが血の違いだ!!」

高笑いをしながらラウルのもとまで近づいていったクルツ国王は、ラウルの体を蹴って仰向けにさせた。

「ぐはっ……。……なんだよ、ずるいなあ……。王サマ、神の加護で守られちゃってんじゃん……」

「そのとおり。高貴な血故、我には神の加護がついた！　ただの人間と神の加護付きでは、天と地ほどの差がある。貴様はもはや我には敵《かな》わぬ。その体に流れる凡庸《ぼんよう》な血がありありと証明しているのだ！　ふははははははッッ!!」

地面に頬《ほお》をつけたラウルは、クルツ国王を見上げると苦笑いを見せた。

「これじゃあ手も足も出ない。ちょっと計画を練《ね》らないとだめだなあ……」

「ふん、馬鹿め」

クルツ国王はラウルの髪を鷲摑《わしづか》みにすると、負傷してボロボロになっているラウルの体を引きずり起こした。

「勘違いするな。貴様に残された時間などない」

そう宣言し、クルツ国王がラウルの腹部に魔剣を突き刺す。

ただ貫くのではなく、ゆっくりと時間をかけて、肉を抉《えぐ》っていく。

切っ先がラウルの背中を貫通したら、今度は痛みを与えるためだけに、ぐるりぐるりと腹の中で何度も剣を回転させた。

そのたびラウルは口から鮮血を撒《ま》き散らした。

「哀れよのう、勇者」

この上なく気分が良い。

しかしまだ足りない。

クルツ国王は魔剣をしまうと、代わりに右手を虫食い植物のような形状に変化させた。

これはクルツ国王が全盛期に好んで用いた処刑方法だ。

植物のように変形したクルツ国王の右手の真ん中には、ギザギザの歯が生えた巨大な口が出現している。

その口はバキュームになっていて、そこから他者の魔力と生命力を、根こそぎ奪い取ることができるのだ。

クルツ国王はこの魔法で、何千もの人を吸収し、糧《かて》へと変えてきた。

クルツ国王が散々世話になっていた延命用魔道具に溜められていた魔力も、そうして集めたものだった。

人類の中で最強と謳《うた》われたラウルを取り込めば、神の加護を万が一失っても困ることはないだろう。

「くくく……。勇者よ、喜べ。出来損《できそこ》ないの娘ヴィクトリアと違って、我は貴様の命を無駄にしたりはせん」

クルツ国王はラウルの後頭部に腕を回すと、右手に現れた分厚い唇を、ラウルの顔面にピタッと張り付かせた。

ジュルジュルジュル――。

力いっぱい貪《むさぼ》るような、品のない音があたりに響き渡る。

吸い込む力が強すぎて、ラウルの体は宙に浮いてしまっている。

ラウルにできることといえば、両足をパタパタと動かすことぐらいだった。

吸収音はしばらく続き――。

ようやく解放された時には、ラウルの体は枯れ果て、搾《しぼ》り取られた抜け殻《がら》になってしまっていた。

体は四分の一の厚みまで萎《しぼ》んでいる。

先ほどまで生きた人間だったとわかるような要素など、今や全く見受けられない。

クルツ国王は、変わり果てたラウルの死体を眺めながらにんまりと笑った。

そのままどんどん口元が緩《ゆる》んでいく。

ついにクルツ国王は、大声を上げて笑いはじめた。

「ふははははッ！　実に愉快!!　体の内側から爆発的なエネルギーが湧いてくるぞッ!!　これがあの勇者の力!!　実に素晴らしい!!」

この力があればなんでもできる。

このクルツ国を復興した暁《あかつき》には、周辺の国々を次々侵略してやろう。

「我が王家は栄華の時を迎えるのだ！　我の覇道《はどう》は約束されたッ!!　この道の先には、最早眩《まばゆ》い光があるのみ!!」

カッと目を見開いたクルツ国王が、上機嫌のままラウルの遺体を振り返る。

「天と地の差を感じるぞ、勇者よ！　貴様のその姿、なんたる哀れさか!!　生前の美しさが嘘のようだ。これぞ完璧《かんぺき》な死。完全なる終幕。やはり神の干渉は、舞台を盛り上げる最高の装置よのう！」

ラウルが主役だと勘違いしていた舞台。

その壇上《だんじょう》に最後まで立ち続けたのは、真実の覇者《はしゃ》である自分だったのだ。

「ここからは、我の覇道を語る第二部の幕開けよ！」

クルツ国王は高らかにそう宣言すると、側近たちを含めたクルツの軍隊を振り返った。

「ラウルの体を細切《こまぎ》れにして、跡形も残らぬよう燃やし尽くせ」

命じられた側近たちは慌てて従った。

おぞましいなどと泣き言を口にするわけにはいかない。

そんなことをすれば、自分もラウルと同じ目に遭《あ》うだけだ。

クルツ国王の指示どおり、ラウルの体は百以上の断片にされ、幾重にも封印を施《ほどこ》した小箱へ閉じ込められてから、国のあちこちにばらまかれた。

ラウルという災厄《さいやく》を見事に排除したクルツ国王は、すぐさまラウルによって崩壊した国の立て直しに取り掛かった。

とにかく国民が圧倒的に足りないのが問題だ。

とくに若い男が激減している。

ラウル討伐《とうばつ》のため、国中から軍人を募《つの》ってしまった弊害《へいがい》だった。

その対処として、クルツ国王は近隣の小国へ攻め込み、繁殖《はんしょく》能力を持っている男たちを、片《かた》っ端《ぱし》から奴隷《どれい》として連れ帰ってきた。

侵略は生き残った少数の兵士とともに、クルツ国王自ら行う必要があった。

しかしクルツ国王は、前線で暴れることを心底楽しんだ。

取り戻した力を誇示するのはこの上ない喜びだったし、侵略される他国民の怯《おび》えた姿を見ると興奮した。

おかげで長い間忘れていた性欲も戻り、再び子作りに励《はげ》めるようになった。

王子王女がボコボコ誕生するのと同じように、クルツ国王の強引な政策によって、国民の数もどんどん増えていった。

国民は国から与えられた強力な媚薬《びやく》を一日三回飲むことを義務づけられ、逆らえばその場で処刑された。

クルツ国王によって、獣のようにされてしまった国民たちは、ひたすら繁殖を繰り返した。

国民総出で、朝も昼も夜も関係なく、道端や人前でも平気で交尾をする。

――そして二十年が経った。

クルツ国の人口は、ラウルという災厄に見舞われる前と比較して、八割まで復活した。

クルツ国王の子供たちも同じように山ほど増えた。

王子が二十八人。

王女が三十五人。

ラウルが現れる前、側室に生ませた子供たち三人は、すでに成人を迎えている。

子供たちは皆、優秀且《か》つまともで、ヴィクトリアのようにクルツ国王の怒りに触れる者は、一人もいなかった。

これならどの子が後を継いでも、王家の未来は安泰だろう。

(そろそろ跡取りの育成に当たるとするか)

そう考えたクルツ国王は、六十三人の子供たちすべてをアウエルバッハ城に召集した。

下は一歳から、上は三十二歳まで。

集められた子供たちは今、城の中庭でティーパーティーを楽しんでいる。

クルツ国王は、そんな子供たちの様子を念入りに観察した。

どの子を跡取りに選ぼうか。

誰が最も有能か。

殺し合いをさせて、優劣をつけてみるのも面白いかもしれない。

それによってたとえ三十人死のうが、まだ三十三人も子供は残るのだ。

「やはりヴィクトリアのような出来損ないは、早々に見限って正解だったな」

ヴィクトリアによって殺された彼女の兄たちも、思い返せばろくでもない無能ばかりだった。

あんな奴らに王家を継がせなくて、本当によかった。

クルツ国王の人生は束の間、ラウルによる番狂わせの犠牲《ぎせい》となったが、この未来に辿《たど》り着けた今、ラウルは十二分に役立ったと思えた。

「くくくっ、勇者ラウルよ。結局貴様も、貴様の復讐も、我と我が王家の養分となったのだ。くくくっ」

クルツ国王は満足そうに顎をさすると、自分の人生の成果を再確認するため、庭にいる子供の数を確かめはじめた。

十二……三十……四十……六十二。

一人足りない。

数え間違えたか？

十二……三十……四十……六十一。

さらに一人足りない。

子供たちを庭園から出さぬよう、指示はしっかり出してある。
もう一度数えてみる。
これは非常に重要な問題だ。
国王の命をきかぬような子供なら、すぐさま処刑する必要がある。
十二……三十……四十……五十一
信じられないことに、今度は十人減った。
「……!?」
クルツ国王が眉根《まゆね》を寄せる。
庭園には、子供たちが隠れられるような死角はない。
胸騒ぎがする。
何かが妙だ。
心拍数がわずかに速くなる。
何年も忘れていた感覚が、クルツ国王の胸中に忍び寄ってきた。
ゴクリと喉《のど》が鳴る。
(待て。焦るな。冷静になれ)
自分を落ち着かせるため、俯《うつむ》いてみる。

その数秒後、クルツ国王は息を呑《の》んだ。
自分を覆《おお》う雲の影、それが全く動いていないことに気づいたのだ。
ぎょっとなり、慌てて空を見上げる。
間違いない。
「……雲が……動いていない……だと？」
クルツ国王は呆然《ぼうぜん》となった。
この二十年間、自分の足元など見たことがない。
天を仰《あお》いだことだってない。
だから全く気づかなかった。
「い、いつからだ……」
雲の流れない不自然な世界。
つまりここは……。
「まやかしの中……」
漏《も》らした声が、勝手に震える。
クルツ国王は、怯えた視線を忙《せわ》しなく動かした。
中庭で戯《たわむ》れている子供たちは、クルツ国王の恐怖になど気づいていない。

楽しげな笑い声。明るい笑顔。クルツ国王にとっての、成功と繁栄《はんえい》の証《あかし》。

「ま、まさか……」

あれらがまがい物なのだとしたら……。

そんな事実は耐えられない。

青ざめ、顔を振った時だった。

――バシュンッ。

まるで泡《あわ》が弾けるような音を立てて、目の前を走りまわっていた第五十一王子が突然消滅した。

「……ひっ」

喉の奥から悲鳴が溢《あふ》れてしまった。

そんなクルツ国王をあざ笑うかのごとく、子供たちが次々消滅していく。

「くそ……!!」

自分が何者かの幻惑の中に閉じ込められているのは、最早明らかだ。

(何者かだと？　相手はわかりきっている……!!)

青筋を浮かび上がらせながら、クルツ国王は幻惑魔法解除の呪文を必死に唱えた。

しかしなんの反応も返ってこない。

「なぜやつの魔法が破れぬのだ!!」

子供たちはその間も消え続けている。

二十人が十五人になり、十五人が十人になる。

「くそッくそッくそッッッ!!」

クルツ国王は諦め悪く、魔法を詠唱《えいしょう》し続けた。

その時——。

ブンッ——。

鼓膜《こまく》が破壊されるような歪んだ音が響き、ぐわんぐわんと視界がたわんだ。

まるで頭の中をかき混ぜられているかのような感覚だ。

——王サマ。偽りの世界で、幻と戯れるのって楽しかっただろ?

殺したはずのラウルの声が、語り掛けてくる。

——俺も、ちょっと前に同じ喜びを味わったからよーくわかるよ。あんたの指示で俺に幻を見せてくれた国家魔導士たちには今でも感謝してるんだ。

クルツ国王に命じられた国家魔導士たちは、ラウルの近親者や仲間たちの屍《しかばね》を掘り返し、魔法を施《ほどこ》した。それによって、ラウルは大切な人たちが蘇《よみがえ》ったという幻を見た。

ラウルはその件を言っているのだ。

——経験者として助言を与えてやるよ。夢はいつか醒《さ》めるんだ。

「お、おい……。や、やめろ。まさか……」

——ひとつめの幻、解除ー！

ラウルの楽しげな声がそう宣言する。

その直後、クルツ国王に与えられていた喜びの世界は消滅した。

何もない。

全て消えた。

すんなり状況を理解できない。

いや、できないのではなく、心と頭が理解を拒《こば》んでいるのだ。
ラ、ラウルが生きていた。
その事実によって、すべての根底が崩れていく。

ラウルが生きていたということは、クルツ国王がラウル討伐《とうばつ》後、積み上げてきた二十年という長い歳月は、すべて幻だったという話になる。

「……そんな現実は認めん……!!」

唾《つば》を撒《ま》き散らしながら叫ぶ。

返ってきたのは、馬鹿にするようなラウルの笑い声だった。

「王サマってば、本当に困ったちゃんだね。二十年もの間、あんたにとって都合がいいだけの箱庭で遊ばせてやったんだ。まずは俺にありがとうって伝えるべきじゃない？　でもとにかく、夢は醒めたんだ」

陽だまりに包まれた中庭も子供たちも、ラウルの声を合図に消え失せた。

しかもいつの間にかクルツ国王が立っているのは、アウエルバッハ城ではなくなっていた。

「……ここは……う、嘘だ……」

クルツ国王がいるのは、二十年前魔王軍を皆殺しにし、ラウルを討伐したはずの荒れ野だ。

「おかえり、王サマ。二十年前の世界に」

「……!!」

ありえない。

本当にあの二十年は、全て幻惑魔法が見せた夢だったのか。

幻の中で二十年もの歳月が経過したと錯覚《さっかく》させるには、とんでもない魔力を必要とする。

国家魔導士でさえ、半年分の夢を見せるので精一杯なはずだ。

ラウルの実力は、人間の領域を超越していた。

（あいつは化け物だ……）

震えるクルツ国王は、ラウルの言葉をほとんど信じかけた。

しかし、ふと周囲の様子が二十年前と異なることに気づいた。

口元に笑みが浮かぶ。

危うく騙《だま》されるところだった。

「ふはは！　勇者よ、今が二十年前などというのは、貴様のはったりだな」

「ん？　なんでそう思うの？」

「たわけが。二十年前ならば、魔族たちの死体がそこら中に転がっていなければおかしい。ぬかったな。我が築いた二十年は、しっかりと現実に存在していたのだ！」

国を二十年もかけて再建してきたのだ。

その努力が徒労であったわけがない。

国を牛耳《ぎゅうじ》る王家の繁栄こそが、クルツ国王にとっての人生全てだった。

「貴様はクルツを潰すことで復讐を遂《と》げようとしたが、クルツは我の力によって見事に復活を果たした。残念だったな、勇者。貴様の行いは、この二十年で無《む》に帰《き》したのだ！」

勝ち誇ったように叫ぶクルツ国王を眺めるラウルのほうは、瞳をキラキラさせたままだ。

どうして絶望しないのか。

ラウルの反応が違和感となって、染みのようにクルツ国王の心に広がっていく。

「……勇者よ、そなたなぜ平然としていられる？　貴様のしたことは、無駄だったのだぞ‼」

クルツ国王が問いかけると、ラウルはあはっと楽しそうな声を発した。

「面白いね。王サマ。全然現実見られてなくて。でも、そうやって抗《あらが》えば抗うほど、真実を叩きつけられた時の反応が良くなるから、俺のほうは問題ないよ」

「何を言っている……？」

「これからひとつずつ丁寧《ていねい》に説明してあげるよ。まず、魔族軍の死体がないって件だけど、俺の作った幻惑の世界がいつからはじまっていたか、よーく考えてみなよ」

そこでもったいぶったようにラウルは言葉を切り、にんまりと笑ってみせた。

「……ま、まさか……。……あの魔族軍自体が……幻だったというのか……？」

ラウルは返事の代わりに指を鳴らした。

その途端、クルツ国王の視線の先に、何千という魔族軍の死体の山が現れた。

あの日の光景と同じだ。

「そんな……そんな……うぁう……あがうっ……」

混乱のあまり言葉にならない呻《うめ》き声を漏らしながら、クルツ国王が後退る。

魔族軍の存在が幻だったことにより、二十年の歳月の証拠は消え失せてしまった。

「二つ目の幻、解除ー！」

楽しそうにラウルが宣言する。

クルツ国王はよろめきかけたが、寸前のところでなんとか踏みとどまった。

「……二十年ぐらい、まだ取り戻せる……」

呟《つぶや》きながら、自らに言い聞かせる。

憎き勇者にしてもそうだ。

「貴様がどうやって蘇りを果たしたかは知らんが、あの時のようにまた殺せばいいだけの話だ……。

我には神の加護が与えられているのだ！　何度蘇ろうが、ただの人間である貴様が我に敵《かな》うわけがない!!」

傲慢《ごうまん》な自信によって気力を取り戻したクルツ国王は、すぐさま自分の力を証明してみせようと試みた。

前回、ラウルを亡き者にした時と同じ攻撃魔法を発動させる。

元勇者は、今回もまたなんの手立ても打たないまま、攻撃をまともに食らった。

沸き起こった煙が散れば、瀕死《ひんし》のラウルが地面に転がっているだろう。

それをわざわざ待ってやるつもりなどないが。

「細切《こまぎ》れにして埋めるだけでは、復活しよったからな。此度《こたび》は塵《ちり》になるまで、燃やしてやろう」

再び魔法発動させたクルツ国王は、宣言どおり強力な火魔法で、ラウルを焼き尽くそうとした。

燃え上がる炎で、辺り一面が真っ赤に染まる。

熱波に当てられながら火魔法を放ち続けるクルツ国王の横顔も、赤々と輝いている。

息がしづらいほどの暑さだが、この火の中で宿敵であるラウルが焼かれていると思えば、たまらなく胸が高鳴った。

クルッ国王を酔いしれさせるときめきは、しかし唐突《とうとつ》に終わりを迎えた。

「三つ目の幻、解除ー！」

轟々《ごうごう》と燃えていた炎の中心から、渦《うず》を巻いた水が勢いよく沸き上がる。

「……!?」

口を大きく開けて唖然《あぜん》としているクルッ国王の目の前で、彼の放った炎は水に呑《の》み込まれ、情けないほどの速さで鎮火してしまった。

「あんなしょぼい炎で俺を殺せるって、本気で思ったの？」

急速に散っていく煙の中から現れたラウルは、ずぶ濡れになった髪を掻《か》きあげると、流し目でクルッ国王を見た。

「あんたに俺は殺せない」

「……!!」

焦ったクルッ国王は気を動転させながら、無茶苦茶《むちゃくちゃ》に魔法を放った。

そのどれもがラウルに触れる直前で、弾けて消えた。

ラウルを殺すどころか、傷ひとつつけられない事実は、クルッ国王をひどく怯《おび》えさせた。

「な、なぜだッ……なぜだああッッ！　一度は、貴様を殺せたというのにッッ!!」

「一度は俺を殺せた？　まーだそんなこと言ってんの？　三つ目の幻、解除って言ったじゃん。あんたが俺を殺せたなんて事実は、存在しないんだよ」

「……!?　なっ……あ、ありえん……！　我には神の加護が宿っているのだ……!!　ただの人間である貴様に、敵わぬはずがないッッ!!」

「それ何度も言ってるよな。よっぽど神様が助けてくれて嬉しかったんだね。ところでその神様ってさぁ……」

はしゃいだ子供のように声を弾ませたラウルが、再び指を鳴らす。

その瞬間、びっくり箱が開かれた時のように、七色の煙とリボンがポンと飛び出した。

モクモクと膨《ふく》らんだ煙の中から現れたのは——。

「あんたを救った神様って、こんな見た目だったかにゃ？」

「!!!!」

短い黒髪と、太ももがむき出しになった奇妙な服。背中に白い羽をはやした生意気そうな少女。

ラウルが魔法で化けたのは、間違いなくあの時クルツ国王に力を取り戻させてくれた神だった。

カタカタと体が震え出す。

散々現実を拒否してきた心が、クルツ国王の意思に反して、突きつけられた真実を受け入れてしまったのだ。

「あ……あああ……そ、そんな……そんなぁ……」

両手で耳を押さえて、首がもげるほど頭を振る。

一歩ずつ近づいてきた黒髪の少女は、クルツ国王の前まで辿《たど》り着くと、頬《ほお》に人差し指をあてて、可愛《かわい》らしく微笑《ほほえ》んでみせた。

「見てのとおり、あんたに力を取り戻させてやったのは俺だよ。あんたは宿敵である俺によって、すべてを手に入れたつもりになって、幻の中で大はしゃぎしてたってわけ。いつか、俺があんたの国民たちにも、同じことをしてやったのって覚えてる？」

言われて初めて思い出す。

確かにラウルは、王都の民たちに彼らが歓喜するような最高の幻を見せ、その果てに彼らを破滅させた。

「あの時は、民たちの魂を堕落《だらく》させるのが目的だったけど。信じていた幸せな現実が、他人の悪意によって作り出された偽物だってわかると辛《つら》いよね。俺なんてそれで壊れちゃったもん。ねぇ、王サマは今どんな気持ち？」

「あうあう……ぃいいいやだぁぁあ……我はぁ……我は信じぬううう……」

「うわー、この期に及んでまだそんなこと言ってんだ？　まぁでもあんたが抗おうが、こっちは話を進めるだけだけど」

そう言ったところで、ラウルはおもむろに空の彼方《かなた》を振り仰《あお》いだ。

「……王サマに二十年分の幻を見せたりして、結構時間稼《かせ》ぎしてたのに。結局来なかったなぁ。ポンコツちゃんだから、部下の説得に手こずったのかな。とりあえず不参加だったテオドールには、お土産《みやげ》として王サマの首を届けてやればいいか」

おぞましい言葉を軽々しく口にして、ラウルがクルツ国王に向き直る。

「はぁ……はぁ……誰が貴様なんぞに……殺されるものか……」

クルツ国王は命にしがみつくかのように、攻撃魔法を撃とうとして構えた。

「ああ。俺が与えてあげたその力だけど、あんたを十分調子づかせられたから、もう返してもらうよ。てことで、没収ー」

ラウルがクルツ国王に向かって右手を伸ばす。

ラウルの掌《てのひら》が赤い光を放ちはじめると、クルツ国王の体からは、急速に力が抜けはじめた。

「ひあっ……!?　あぁ…………あ……はぁはぁ……」

膝がガクガク震えて、まともに立っていられない。

クルツ国王は、そのまま顔から地面に倒れ込んだ。

「こ……この感覚はなんだ……」

視界は霞み、呼吸もままならない。

ゴホゴホと咽《む》せて、その度《たび》に口から泡《あわ》が溢《あふ》れる。

何かが自分に忍び寄ってきているのを感じる。

暗く恐ろしく、圧倒的な何か。

それは死。

「あぐぁああ……ふうふう……あうぅうう……」

神によって与えられたと思っていた生命力と、健康な体、そして若さ。

それを再び奪われたことで、クルツ国王は元通り、老いて死にかけの状態に戻ってしまったのだった。

今のクルツ国王は、延命用魔道具がなければ、十分と生きていられない。

血走った目を必死に動かすが、かつては一心同体だったあの魔道具はもう存在しない。

当然だ。

力を取り戻したと思い込んだクルツ国王自ら、破壊してしまったのだから。

クルツ国王は悶え苦しみながら、もうどこにも存在しない延命用魔道具を求めて、地べたを這《は》いずりまわった。

そんなクルツ国王の後を、ラウルがゆっくりとついてくる。

クルツ国王にとって、もはやラウルは死神同然だった。

気が変になりそうな辛さの中で、逃げても逃げても、ラウルはぴったりと寄り添い続けてきた。

「来るなッッ……来るなぁああ……」

口からこぼれる泡には、いつの間にか血が混じっている。

息はもうほとんど肺まで届かない。

鼻や耳からも、血が流れ出した。

逃れられない死が、背後にいるのだ。

一際《ひときわ》激しく咽せたクルツ国王は、力尽きて這うこともできなくなった。

「ハァ……ッ……おぐぅう……あぅぐうう……っ」

ほとんど音になっていない声が漏《も》れる。

もはやこれでは獣と変わらない。

クルツ国王は、このまま自分が死んでいくことを理解した。

だったらせめて、王としての威厳を持ったまま死にたい。

ラウルに許しを乞うたり、助けを求めることだけは絶対にすまいと思った。

何を奪われようが、王族としての誇りだけは決して犯させない。

（我が王家は不滅だ……。我の命がここで尽きようとも、我の残した子供たちによって、この血は連綿と受け継がれていくのだ……）

「子供たちよ……ぐふっ……。……後は……任せたッ……」

虚《うつ》ろな瞳のままそう呟《つぶや》き、最後の瞬間を穏やかな気持ちで受け入れようとした時だった。

「子供たちって？　あんたに残っている子供は、ヴィクトリア一人だけだろ？」

「……!?」

閉じかけていた瞼《まぶた》を思わず開く。

「な……何を……」

ラウルが見せた二十年の幻の中で増やした子供が実在しなかったことは、クルツ国王ももちろん承知している。

クルツ国王が王家の未来を託そうとしたのは、ラウルが叛逆者《はんぎやくしや》となる何年も前、側室たちに産ませた三人の子供たちのほうだ。

先に生まれた兄達を次々亡き者にしたヴィクトリアを持て余し、ヴィクトリアから王位継承権を取り上げるために用意した子供たち。

まだ幼い彼らは、田舎《いなか》の領地ですくすく育っているはずだった。

「ま……まさか貴様ぁ……我が子供たちの命を……うばッ……ぶふぐっ……」

奪ったのか。

咽せてしまい、言葉が続かない。

仕方なく視線だけで問いかけると、ラウルは心外そうな表情を見せた。

「待ってくれ。いくらあんたの子供だって、何も悪さをしてないのに殺すわけないじゃん。王子たちは俺が消したんじゃないよ。もともと誰一人存在してなかったんだって」

「んなんだとぅ……!?」

ラウルの言っていることを、クルツ国王は全く理解できなかった。

ラウルはそんなクルツ国王の前に膝をつくと、優しい声で囁《ささや》きかけた。

「あんたにかけていた最後の幻、解除するな。王サマ、記憶を手繰《たぐ》り寄せて、思い出してみ？　ヴィクトリアを廃棄すると宣言した時のことを……」

クルツ国王の脳内に、当時の記憶が蘇《よみがえ》ってくる。

ヴィクトリアを廃棄すると決断したのは、側室たちのもとに誕生した三人の王子が、健康に育っていると報告を受けたからだ。

クルツ国王が喜ぶその情報を運んできた伝令役の兵士。

なぜかその男の顔が全く思い出せない。

ありふれた容姿の若い男だったはずだが、今思い返せば、どうしてあの男は直接国王に報告をもたらすことができたのか。

通常、伝令がもたらした情報は、側近を通して国王の耳へと届けられる。

「……」

クルツ国王は、白い顔のまま黙り込んだ。

もうこれ以上絶望することなどないと思っていたのに。

瞬きを忘れたクルツ国王の瞳から、すーっと血の涙が流れる。

「そん……な……。……あの……伝令は……つまり……」

「うん。あれは俺。あの時あんたに幻惑魔法をかけて、『側室が産んだ王子が三人いる』って信じ込ませたわけ」

「……王子は……存在しない……」

呆《ほう》けた顔でクルツ国王が呟く。

「あ、でも諦めるのは早いよ。あんたにはまだ最後の希望が残されているじゃん」

そう言ってラウルが掌を動かすと、魔法でできた淀《よど》んだ渦《うず》が、ラウルの前に出現した。

渦の中はどうやら別次元に繋《つな》がっているようだ。

ラウルはその渦に両手を突っ込むと、拷問《ごうもん》を与えながら生かし続けていたヴィクトリアの体を、渦の中から引きずり出した。

「じゃーん。王族唯一の生き残り、王サマと同じ血をしっかり受け継いでいるヴィクトリアちゃんでーす！」

磔《はりつけ》にされたヴィクトリアは、相変わらず体中、虫や獣まみれだ。

「このヴィクトリアも俺は好きだけど、これじゃあ会話もまともにできないな」

ラウルが指をひとつ鳴らすだけで、ヴィクトリアは拷問を受ける前の姿に戻れた。

自由を与えられたヴィクトリアは、すぐさまその場にひれ伏して謝罪の言葉を連呼した。

「ごめんなさいッ。ごめんなさいッ。ごめんなさいッッッ……！　わたくしが悪かったですわ!!　本当に心から後悔《こうかい》しています……!!　なんでもするので、どうかどうか許してくださいませ……!!」

涙ながらに訴えかけるヴィクトリアに向かい、ラウルはにっこりと微笑《ほほえ》みかけた。それから彼は、クルツ国王のほうを振り返った。

「王サマ、一度捨てたヴィクトリアに頼んでみる？　王家を継いでくれって。あと数分で死ぬあなたにできることは、それぐらいしかないいし。ヴィクトリアが承諾《しょうだく》するなら、俺は邪魔しないよ。ヴィクトリアの子宮は壊れちゃってるけど、その場合は治してあげてもいいし」

「……!!　……ヴィ、ヴィクトリア……!!」

縋《すが》りつける希望を見つけたクルツ国王が、必死の形相《ぎょうそう》でヴィクトリアを見る。

「ヴィクトリア、どうする？　王サマの期待に応えてあげる？　それとも俺の支配する地獄に自らの意志で下るか？　王家の未来も生も捨てて、俺に従うって言うのなら――もしかしたらいつか俺、あんたのことを許してあげるかもね？」

ラウルはひれ伏していたヴィクトリアの手をとると、その耳元に甘く囁きかけた。

「ラウルがわたくしを許してくれる……？」

「約束するわけじゃないよ。もしかしたらの話だから」

怯《おび》えた顔でラウルを見上げるヴィクトリアだったが、その頬《ほお》は赤く染まっている。

散々ラウルを痛めつけて、死刑に処し、散々ラウルから痛めつけられ、拷問され続けた。

それでも尚、ヴィクトリアはブレることなくラウルが好きなのだ。

「ヴィクトリア……！　うぐっ……そっ、その悪魔の甘言になど……はぁ……みっ耳を貸すな……！」

クルツ国王が気力を振り絞《しぼ》って訴えかける。

ヴィクトリアは一度だけ父であるクルツ国王に視線を向けたが、関心は一瞬で失われた。

「ラウル、どうかわたくしを地獄に落として下さいませ……」

ヴィクトリアが救いを求めるように、ラウルに向かって指を伸ばす。

ラウルは満足して頷《うなず》くと、ヴィクトリアの手を優しく摑《つか》んでやった。

「ひぐっ……ら、らめらああッッ……！　ひゃめろううう……。づ、づれでいぐなあ……。その娘はぁあ……我の糧《かて》になるため……ぐううう産ませたのだぐあああ……」

転がったまま喚《わめ》いているクルツ国王を放置したまま、ラウルはヴィクトリアを腕の中に抱き寄せた。

二人の足元から沸き起こった黒い気配が、ラウルとヴィクトリアを侵食していく。

ラウルとヴィクトリアの体は、そのまま少しずつ地面の中に沈んでいき――。

「らめらあああ……！　待ってくれぃいい！　ぅうわかったあああわかったからあああああッッッ！　うぐぉおお……。っ、罪を認めるッッッ！　わるかった……あぐあぐ……わるかったあああ！　だからあああ、だからあああ………助けてくれええ……」

なりふり構わぬ泣き言がついに零《こぼ》れる。

その時、不意に体がふわっと浮かび上がった。

ラウルが魔法を使ったのだ。

クルツ国王の体は、そのままぐんぐん上空まで飛んでいく。

「そこからなら今のクルツ国が見渡せるだろー？」

豆粒のように小さくなったラウルが、地上から楽しそうに叫ぶ。

ラウルの言うとおり、上空からはクルツ国が一望できた。

破壊尽くされた城。

焼けた森。

ひび割れた大地。

人っ子一人見当たらない瓦礫《がれき》だらけの街。

クルツ国王の目の前にあるのは、完全に崩壊した大国の残骸《ざんがい》だ。

「うぉぉ……おぐ……ググ……ぅぅぅぅ……あううううう……ぅぅ……ぉぅぅ……」

痛みと苦しみと絶望がどんどん強くなっていく。

呼吸ができず、目玉が少しずつ飛び出ていく。

「あうぅうぐううう……っっっっ……」

（たすけてくれたすけてくれたすけてくれたすけてくれたすけてくれたすけてくれたすけてくれしにたくないしにたくないしにたくない。

しにたくないしにたくないしにたくないしにたくないいいいいいいいいいいいいいいいいいいいいいいいいいいいいいいいいいいい）

地上にいるラウルに向かって両手を差し伸べる。

しかしラウルは、クルツ国王を空の真ん中に置き去りにしたまま、ヴィクトリアを連れ、地底の底へと姿を消してしまった。

「……んんなぁああ……あぅう……ぅう……んんなぁ……ぅぅ……」

全て奪われてしまった。

生きた証《あかし》すらもう残らない。

王家はここで途絶える。

この命にはなんの価値もなくなってしまったのだ。

下賤《げせん》の民たちとは格が違う、選ばれし王族だったはずなのに。

惨《みじ》めで情けなくてダバダバと涙が出てくる。

「ひぃー……ひぃー……」

呼吸はいよいよ細く短くなり、発作《ほっさ》に合わせて体が痙攣《けいれん》をはじめた。

ポタポタとひどい臭《にお》いの液体が、クルツ国王の体から下界に向かって降っていく。

最後の容赦《ようしゃ》ない苦しみがクルツ国王を襲う。

穴という穴から汁が溢《あふ》れ出した。

そうして汚物を垂れ流したクルツ国王は、自分が奪われたものを特等席で眺めたまま、世界一惨めな死を迎えたのだった——。

あとがき

　こんにちは、斧名田《おのなた》マニマニです。このたびは『復讐を希う最強勇者は、闇の力で殲滅無双する』四巻をお手に取っていただきありがとうございます。

　四巻では、ついにクルッ国王への復讐が本格始動します。

　それに並行して今まで名前だけの存在だった魔王や、問題を抱えるテオドールなど、魔族側の話にも触れることができました。

　テオドールはずっとラウルに対してツンツンだったのですが、今回は少しだけ素直な面も出せたような気がします。

　カバーにもテオドールを描いていただきました。

　テオドールの外見、これまでと明らかに違う箇所《かしょ》があるのですが……それに関しては是非《ぜひ》本編をご確認いただければ幸いです。

　またお気に入りのキャラクターであるエミール＆ドロリス親子を今回も登場させられたので楽し

かったです！

（余計なことを書くとネタバレになりそうなので難しい……）

出版業界では今ほとんどの場合、新刊の売れ行き次第で続きが出せるかどうかが決定します。そのため、ＳＮＳなどで応援していただけるとうれしいです……！

最後に、本作でも引き続きイラストを担当してくださった荒野《あらや》さん、担当のＴさん、お力添えいただき本当にありがとうございました！

二〇二四年一月某日　　斧名田マニマニ

Plofile

斧名田マニマニ

Ononata MANIMANI

静岡県出身、長野県在住。
雪の季節になって家から全然出なくなったので、仕事が捗ります。
最近、ちいさくてかわいいものたちに夢中です。

荒野

Araya

4巻発売おめでとうございます！
テオドールは描きやすくて助かる子です。
よろしくお願いします。

シリーズ累計165万部突破!
漫画／坂本あきら
原作／斧名田マニマニ
コンテ／半次
キャラクター原案／荒野
超美麗絵によるコミカライズ!!
最新刊⑫巻、
4月18日(木)発売予定!
復讐を希《こいねが》う最強勇者は、闇の力で殲滅無双する
コミックス①〜⑪巻大好評発売中!!

大好評

モラハラ彼女に天誅!!
ざまあ系痛快ラブコメ!!
ニコニコ漫画
水曜日はまったり
ダッシュエックスコミック
にて
大好評連載中!!

原作小説2巻、
大好評発売中!!

「小説家になろう」
現実世界【恋愛】ジャンル
第**1**位
獲得作品
待望のコミカライズ!!

幼馴染彼女の
モラハラがひどいんで
絶縁宣言してやった

～自分らしく生きることにしたら、なぜか
隣の席の隠れ美少女から告白された～

ダッシュエックスノベル

復讐を希う最強勇者は、闇の力で殲滅無双する4

斧名田マニマニ

2024年3月13日　第1刷発行

★定価はカバーに表示してあります

発行者　瓶子吉久
発行所　株式会社　集英社
〒101－8050　東京都千代田区一ツ橋2－5－10
03(3230)6229(編集)
03(3230)6393(販売／書店専用)　03(3230)6080(読者係)
印刷所　株式会社美松堂／中央精版印刷株式会社
編集協力　法貴仁敬(RCE)

ISBN978-4-08-704028-9　C0093

作品のご感想、ファンレターをお待ちしております。

あて先
〒101－8050　東京都千代田区一ツ橋2－5－10
集英社ダッシュエックスノベル編集部　気付
斧名田マニマニ先生／荒野先生